W0469030

Fascinée par les personnages faillibles, les oubliés, les borderlines, **Solène Bakowski** s'efforce de peindre une réalité parfois dérangeante, souvent occultée, et se plaît à mettre en scène les monstres du quotidien. Née à Paris en 1981, elle a partagé sa vie entre la France et la Chine, avant de publier *Parfois on tombe* (Favre, Prix de La Chapelle-Montreuil 2015) et de s'adonner au roman noir avec *Un sac*, d'abord autoédité sur Amazon, où il a attiré des dizaines de milliers de lecteurs.

Du même auteur, chez d'autres éditeurs :

Parfois on tombe
Chaînes

Chez Milady, en poche :
Un sac

Ce livre est également disponible
au format numérique

www.milady.fr

SOLÈNE BAKOWSKI

UN SAC

Milady

Milady est un label des éditions Bragelonne
La collection Milady Thriller est dirigée par Lilas Seewald

© Bragelonne 2017 pour la présente édition

ISBN : 978-2-8112-1957-4

Bragelonne – Milady
60-62, rue d'Hauteville – 75010 Paris

E-mail : info@milady.fr
Site Internet : www.milady.fr

Pour Minou,
pour Lili,
pour Maman

Aux grands hommes la patrie reconnaissante. Cette phrase résonne dans sa tête et lui fait froid dans le dos. Cette phrase la regarde de haut, se moque d'elle et l'assomme de sa solennité. Cette phrase la toise, la juge. La femme, elle, est petite et ne se sent pas très à l'aise.

La nuit est profonde sur la place du Panthéon. Les réverbères éclairent le pavé et donnent à l'endroit un éclat d'un autre temps, envoûtant, propice à la rêverie, à l'abandon de soi et du monde. Ce monde qui, d'ailleurs, paraît s'arrêter ici et maintenant. Assise contre un mur, à l'abri des voitures, la femme amarre le bateau de son existence. La paix la submerge, la sérénité l'envahit. Le monde, décidément, n'existe plus. Coincée entre l'imposante faculté de droit et la prétentieuse mairie du Ve arrondissement, elle regarde le Panthéon comme le Panthéon la regarde. Son immense tête, son corps de colonnes magnifiques, ses ornements splendides, l'invitent et la tiennent à distance tout à la fois. Quelque chose se passe entre elle et lui, indéniablement. Quelque chose se passera toujours, éternellement, entre elle et lui. Elle lui soumet ce qu'elle est, en toute confiance. Lui s'épanche sur son cœur, épuisé de cette gloire trop lourde. Ensemble, ils pleurent. C'est elle la grande, et lui le petit. C'est elle l'adulte qui console, et lui l'enfant qui gémit.

Derrière elle, un scooter pétarade en jaillissant de nulle part et interrompt ce face à face formidable de l'être et de la pierre. Le bruit de moteur insupportable fait vibrer son cœur et son ventre. Un sac à dos vert gît près d'elle, à ses pieds. Le vent, doucement, effleure la surface du barda et la matière répond à cette caresse par un léger bruissement du tissu. Discrète, la brise ne s'engouffre pas à l'intérieur. Elle l'entoure de sa bienveillance respectueuse.

Chapitre 1

Je m'appelle Anna-Marie Caravelle et je suis une marginale. Sans existence officielle, sans identité vérifiable, sans rien. Tous ceux qui auraient pu témoigner de ce que je suis ou de ce que je fus ne sont plus. La faute à pas de chance. Je suis une paria comme il en existe des milliers d'autres, et je suis seule, depuis le début ou presque. J'ai fait des choix contestables, mais jamais contestés. Alors j'ai continué. Je vais vous paraître effrayante. Pourtant, je ne suis pas monstrueuse. Disons que je me suis construite à l'envers, en réaction contre tout. Mon histoire ne plaide ni en ma faveur, ni en ma défaveur. Tout juste si je parviens à me trouver quelques circonstances atténuantes. Si je vous raconte tout ça aujourd'hui, c'est seulement pour me dédouaner un peu et parce que je sens bien que, si je reste avec ces mots sur le cœur, ils finiront par me le manger. Je balance tout mon être dans ces pages et laisse juge qui voudra.

Je suis née il y a un peu plus de vingt-quatre ans, au bout de la rue Chanzy, dans le XIe arrondissement. Petit rat rose d'un peu moins de trois kilos, une tache lie-de-vin géante au beau milieu de la face comme une blessure de guerre, une mèche blond-orange perdue sur un crâne qui portait encore la trace de l'effort, j'étais, le jour de mon arrivée, un bébé plutôt laid. Il faut dire qu'on m'avait fait venir à la vie comme on aurait jeté un homme à la mer, un soir de tempête, sans bouée, sans brassards et, surtout, sans espoir. Et sans bruit, aussi. Alors, forcément, ça laisse des traces. Longtemps.

Frédéric Caravelle, mon père, avait tiré sa révérence six mois auparavant. Suicidé, à ce qu'il paraît. Huit mois après son mariage, soit cent vingt-cinq jours avant de devenir le modèle masculin de toute ma vie, cet imbécile avait trouvé le moyen d'en finir. Trente-six heures exactement après avoir eu vent de la possibilité de mon existence de la bouche de sa femme, ce fœtus de rien du tout avait été sa goutte d'eau. Ras le bol des scènes de ménage, marre de son boulot de petit comptable merdique, assez de tout ce stress à deux balles, Frédéric Caravelle s'était promis que les responsabilités ne le mineraient plus. L'automédication avait donc été sa planche de salut : quatre tubes d'antidépresseurs et trois de somnifères lui avaient donné raison. De lui, ma mère gardait surtout le nom et quatre ou cinq souvenirs de-ci, de-là.

Ma mère, quant à elle, se prénommait Élise. Jeune femme brune et menue de vingt-six ans au caractère bien trempé, à la crise post-adolescente dévorante et aux caprices de diva, elle savait ce qu'elle voulait et avait des idées très précises sur le chemin que devait prendre sa vie. Ses parents, son frère et sa sœur, fatigués depuis des lustres par ses frasques diverses et variées, et surtout par son incapacité chronique, à la limite du pathologique, à se remettre en question, avaient fini, avec le temps, par s'éloigner d'elle comme ils l'avaient laissée s'éloigner d'eux. Son mariage avec Frédéric, jeune arrogant à la bouche plus grande que le reste, son mariage donc, décidé en quelques mois seulement, avait achevé de consommer la rupture avec sa famille. Mais Élise s'en fichait : elle avait son homme, et tant pis si, au passage, elle n'avait pas eu la bénédiction des « tauliers ».

Dire qu'elle avait souffert de la disparition de son mari relève presque de l'indécence. Lorsque, à son retour d'un week-end à la campagne, elle avait découvert le corps inanimé de son compagnon, elle avait poussé un véritable hurlement intérieur, de ces hurlements que poussent ceux que la vie trahit. Elle, désormais seule, enceinte, n'avait rien vu venir. La veille encore, elle l'avait appelé, lui disant combien elle regrettait qu'il n'ait pu se libérer pour venir avec elle profiter du grand air. Et lui de répondre que, malheureusement, le boulot c'était le boulot, que l'on ne faisait pas toujours ce que l'on voulait, mais que la prochaine fois, c'était sûr, il serait là. Comment, en effet, avouer à Élise qu'il détestait la campagne, les gens de la campagne, l'odeur de la campagne, et surtout cette femme, sa femme, devenue insupportable et porteuse d'un élément gênant ? Alors Élise avait raccroché, heureuse à l'idée de pouvoir bientôt partir en famille, avec un mari aimant et un bébé qui n'allait pas tarder. Comme la vie lui avait alors paru simple, le reste de la journée. Comment aurait-elle seulement pu se douter qu'elle allait s'asseoir quelques heures plus tard à côté d'un cadavre, offrant ainsi l'improbable spectacle de la vie et de la mort ? Ai-je senti, à ce moment-là, du fond de ma petite conscience en devenir, l'ironie de cet instant qui me faisait, moi, être en développement, témoin de la décomposition de mon géniteur ?

Ma mère avait certainement crié, et assez fort, car une voisine était venue frapper à la porte, doucement d'abord, puis plus sûrement, jusqu'à littéralement tambouriner sur cette maudite porte que l'on ne daignait pas ouvrir. Passé le délai fatidique de cinq minutes, la voisine s'était souvenue qu'elle avait la clé, au cas où. Jugeant qu'il s'agissait bien là d'un « au cas où », elle avait alors traversé au pas de course le hall de l'immeuble dans un sens, puis dans l'autre, un trousseau sonore à la main. De retour devant la porte du domicile de ma mère, fébrile et ravie à l'idée de remplir sa petite journée de faits nouveaux, elle avait enfoncé l'une des clés dans la serrure, avait constaté après trois essais infructueux que la clé ne tournait pas, en avait pris une autre, avait essayé encore en vain, s'était finalement saisie de la dernière et avait eu raison de la porte récalcitrante. Après que le cliquetis magique de la serrure qui cède eut résonné à ses oreilles, notre chère voisine, Madame Bonneuil, soixante-deux ans, veuve sans enfant mais dotée d'un yorkshire qui répondait au doux nom de Poupoune, attendit quelques secondes sur le seuil. Puis, n'y tenant plus, elle pénétra d'un pas décidé dans l'appartement muet avec la fierté et l'assurance que seul prodigue le sentiment de faire ce que l'on a à faire.

— Madame Caravelle ? Madââânme Caravêêêlle ? Vous êtes là ?… Ouh, ouh ?… Y a quelqu'un ? Madame Caravelle ?…

Ma mère, abrutie d'incompréhension et de douleur, restait sourde aux appels répétés de la mère Bonneuil, dont les pas s'étaient rapprochés du salon.

— Madame Caravelle ? reprit la vieille agacée. Madame Car...

Madame Bonneuil s'arrêta net. Devant elle, ma mère, assise, stoïque, veillait le corps sans vie de mon père. Un vent de panique se mit à souffler dans les oreilles de la petite dame. Ses doigts de pied se crispèrent, ses jambes flageolèrent, ses mains devinrent moites, son menton trembla et ses dents claquèrent. Bref, ce corps en émoi éprouva le besoin de s'appuyer pour ne pas tomber. L'émotion était trop forte et la violence de cette scène, inouïe. Elle ne s'attendait pas à ça. Pour sûr, elle ne s'attendait vraiment pas à ça. Monique Bonneuil, interdite, le corps tellement calé contre le mur qu'on aurait dit qu'il voulait y entrer, sentit sa tête chauffer et son front s'humidifier. Elle se passa la main sur le haut du visage et, avant même d'être tout à fait remise de ses émotions, elle s'approcha timidement de la nouvelle veuve. La voix pétrie d'appréhension, elle s'adressa doucement à ma mère :

— Madame Caravelle ? Je... je suis là. Enfin, je veux dire... derrière vous. Je suis votre voisine, vous savez... Monique... Monique Bonneuil... vous me reconnaissez, non ?

Ma mère, abrutie, ne se retourna pas. Ma mère, imbécile, ne prononça pas un mot. Ma mère, idiote, n'entendit pas. À vrai dire, elle n'était déjà plus là. Monique Bonneuil, ne pouvant rester insensible à la scène qui se jouait devant ses yeux mangés de cataracte, et éprouvant, elle, l'urgente nécessité de parler pour ne pas imploser, se fit violence et s'approcha un peu plus du couple immobile.

— Je… je… je voudrais vous aider. J'imagine… enfin, je sais… c'est difficile.

Rien, toujours rien. Pas un bruit. Pas un souffle. Pas un geste. C'était à se demander qui était mort. La voix de Monique Bonneuil se fit plus distincte, presque tonitruante dans ce cimetière silencieux, tandis que, prenant une grande bouffée d'air, elle s'avançait encore, jusqu'à toucher l'épaule de ma mère :

— Madame Caravelle ? Vous m'entendez ? Oh, y a quelqu'un ? Y a quelqu'un, là-dedans ? Répondez-moi, maintenant ! Vous me faites peur ! Oh, réveillez-vous, bon Dieu, réveillez-vous !

Elle la secoua, comme on secouerait un enfant qui n'écoute pas, ou quelqu'un qui ne veut pas entendre raison. Elle la secoua et Élise Caravelle ne bougea pas, pauvre pantin tout crevé de l'intérieur.

Chapitre 2

Monique Bonneuil avait été, jusqu'alors, une vieille insignifiante et désespérément seule. Née d'une mère faiseuse d'anges et d'un père inconnu au bataillon, elle avait grandi derrière une porte à regarder sa mère travailler. Mariée très jeune à un homme qu'elle avait bien aimé et qui, surtout, lui avait permis de venir à la capitale, elle s'était retrouvée veuve dans la force de l'âge et, depuis le début de sa retraite d'aide-soignante, s'était construit une vie tranquille où les jours s'écoulaient comme autant de gouttes d'eau identiques sur une fenêtre après la pluie, rythmés par la toilette, les repas, les commissions, le ramassage et l'ouverture du courrier, les sorties de la chienne à intervalles réguliers et les angoisses, aussi fortes et prégnantes que les rituels dc son quotidien. Elle regrettait de ne pas avoir eu d'enfant. D'instinct, elle savait que cette carence la condamnerait tôt ou tard à une solitude extrême. Plus le temps passait et plus la vieille dame redoutait le moment où, physiquement diminuée, elle n'aurait d'autre choix que d'être enlevée à la protection de son morne deux-pièces de la rue Chanzy. Mais, impuissante face à la course inexorable du temps, elle s'était résignée et attendait patiemment que son destin s'accomplît.

La vieille femme arborait un physique de poupée ancienne : petite, bien en chair, des cheveux bruns parfaitement « mis en plis », un visage rond, des yeux marron, une bouche poupine. Son allure était toujours impeccable, même pour sortir Poupoune. L'assurance qu'elle dégageait était pourtant gâchée par un tic, qu'aggravait la contrariété : elle serrait ses lèvres fines et les faisait disparaître et réapparaître en moins de temps qu'il n'en faut pour le dire, jusqu'à dix fois de suite.

Discrète, Monique Bonneuil n'était pas une mauvaise femme. Affable et serviable, elle était appréciée aussi bien par les commerçants du coin que par les voisins qui, souvent, lui confiaient les clés de leur appartement, en échange de quelques souvenirs de vacances. Pour autant, ses manies et cette façon qu'elle avait de toujours dire ce qu'elle pensait sans se préoccuper des autres, sous prétexte que son âge la dispensait de prendre des gants, condamnait ses relations à la superficialité. La Monique faisait, en fin de compte, partie de ces gens que l'on côtoie sans vraiment les voir. Pour tout dire, c'était un meuble dans son quartier, que l'on aurait préféré changer pour quelque chose de plus neuf, de moins désuet, mais que, au fond, l'on aimait bien. Ni plus, ni moins.

À la vue de ce cadavre et de cette pauvre fille muette, son cœur s'était déchiré. Un peu. Elle ne pouvait pas ne rien faire. Elle devait aider, offrir quelque chose, montrer qu'elle était là. Et puis, être utile, c'était tellement bien. C'était exister encore un peu – pour quelqu'un, pour une cause. C'était une nouvelle raison de vivre pour celle qui n'en avait plus beaucoup. Alors, elle appela les secours. Alors, elle attendit que l'on évacuât le corps. Alors, elle accompagna Élise Caravelle autant qu'elle put. Alors, l'air de rien, dans un élan de charité bien ordonnée, elle empoigna ma mère et l'emmena dans le petit deux-pièces, au moins pour la nuit. Car, enfin, il fallait bien que quelqu'un prît soin de cette pauvre petite.

Le lendemain matin, la fraîche Monique et la Poupoune ragaillardie retrouvèrent une Élise au visage pâle et creusé, aux yeux vides et cernés. La jeune veuve n'avait pas bougé de la chaise sur laquelle elle était assise depuis la veille.

— Bonjour, Élise. Comment allez-vous, aujourd'hui ?

Silence.

— Hein ? Ça va un peu mieux ?

Silence.

— Je comprends, vous avez de la peine. Moi aussi, quand Lucien est parti, ça m'a fait tout drôle. Mais vous verrez, on s'en remet. Alors, faudra vous r'prendre. Pas l'choix. C'est la vie. Et puis, au moins, il a pas souffert.

Silence.

— Regardez comme il fait beau, dehors. J'viens de sortir Poupoune et il fait grand soleil. J'vous ai rapporté du pain frais. Faut manger, surtout dans votre état. On va avoir une grosse journée. J'vous fais un p'tit café ? Ou un thé ? Tiens, non, j'vais vous faire un chocolat, ça sera meilleur pour vous. Plein de calcium.

Silence. Encore et toujours ce satané silence.

— Écoutez, Élise, faudrait me répondre, maintenant. Dites-moi quelque chose, n'importe quoi. Faites-moi un petit signe, au moins. J'vous assure, c'est fatigant, à force, de parler à quelqu'un qui vous répond jamais.

Eh oui, rien. Rien que le bruit des moteurs, le chant des oiseaux et le murmure de la vie qui continue au-dehors. La vieille, agacée par ce manque évident de volonté, se retourna et prit le parti de ne plus s'adresser à la jeune veuve :

— Tant pis, se dit-elle à mi-voix, si elle veut pas parler. Elle parlera quand elle voudra. Mais faut pas trop m'en demander non plus. Tiens, j'vais mettre un peu de musique. Ça nous fera un peu d'animation.

Puis, à voix haute :

— Pas vrai, Poupoune ?

Elle enclencha le bouton *play* sur le lecteur cassette du salon. Résonnèrent alors les premières notes de *La Vie en rose* de la môme Piaf, musique d'un temps révolu aux accents fantomatiques, tandis que notre chère voisine empoignait son balai neuf, acheté depuis deux jours et que, avec tout ça, elle n'avait pas encore eu le temps d'essayer.

Des yeux qui font baisser les miens, un rire qui se perd sur sa bouche
Et balaie la voisine, et balaie la voisine
Voilà le portrait sans retouche de l'homme auquel j'appartiens
Et astique la voisine, et astique la voisine
Quand il me prend dans ses bras
Balaie voisine, astique voisine
Il me parle tout bas
Balaie voisine, chante Édith
Je vois la vie en rose
Fredonne Monique, balaie voisine

Il me dit des mots d'amour, des mots de tous les jours
Astique voisine, chante Monique
Et ça m' fait quelque chose
Chante Monique, chante Édith
Il est entré dans mon cœur une part de bonheur dont je connais la cause
Chantastique Monique, chantastique
C'est lui pour moi, moi pour lui dans la vie
Il me l'a dit, l'a juré pour la vie
Maudit balai, maudit ballet
Et dès que je l'aperçois
Danse Monique, pauvre Maman
Alors je sens en moi
Hurle Édith, danse Monique, tue Maman
Mon cœur qui bat
Balance Édith, écorche Maman, ballet fini...

Ma mère n'avait pas bougé. Assise à la table de la cuisine, un bol de chocolat à portée de main, elle restait muette, les yeux fixes devant elle. Pas de larmes, pas de cris. Juste la souffrance, vicieuse et invisible, qui tue à petit feu. Le chocolat était devenu froid, tout comme le ventre dans lequel je me terrais. Mais, à cette heure, Monique Bonneuil ne soupçonnait pas encore ma présence.

Chapitre 3

La famille de ma mère brillant par une absence exemplaire, personne ne s'enquit de la malheureuse. Les jours et les nuits passèrent, les semaines ensuite, sans que personne se préoccupât du sort d'Élise Caravelle. Pendant ce temps, Monique Bonneuil, elle, était aux petits soins : elle préparait les repas que ma mère n'avalait pas, elle faisait le lit que ma mère ne rejoignait jamais, elle racontait des histoires que ma mère n'écoutait pas, elle la lavait, l'habillait, la déshabillait et la rhabillait sans que ma mère bronchât. Devenue pantin désarticulé, ma mère se laissait porter, au propre comme au figuré. La vieille, elle, ne pouvant croire un instant à l'ampleur des dégâts, demeurait persuadée que ma mère avait surtout besoin de se faire dorloter et que la vie, bientôt, reprendrait son cours. Pourtant, la situation s'éternisait et ma mère, emmurée vivante, restait désespérément en elle-même, sourde aux appels de la voisine et de la vie qui, l'air de rien, poussait ses entrailles un peu plus chaque jour pour se faire une place au chaud.

Ma pauvre mère ne ressemblait plus à grand-chose et les jours glissaient sur elle sans qu'elle s'en rendît compte. Ils se suivaient à l'identique, rythmés par le bruit profond de l'horloge du salon que la voisine tenait de sa marraine, qui la tenait elle-même de sa grand-mère, et qu'elle espérait pouvoir à son tour léguer à quelqu'un. Cette horloge, que l'on se refilait de génération en génération, semblait avoir la sagesse de ceux qui regardent le monde depuis des lustres et qui savent. Elle observait ma mère, qui ne la quittait pas des yeux. Foncée, froide et massive, elle était installée près de la fenêtre, tranquille et veillant sur son univers, faisant craquer le parquet de temps à autre et éructant toutes les heures comme après un bon repas. Elle était la reine du petit deux-pièces. Dans les yeux d'Élise, des questions auxquelles elle ne répondait pas. Marâtre et protectrice, l'horloge faisait tournoyer ses aiguilles au-dessus de la tête de ma mère et attendait, en bonne philosophe, que la disciple trouvât elle-même les réponses.

Cherche, ma fille, et tu seras libre, dit la reine.
—Je n'y arrive pas, répond la princesse.
—Alors je n'y peux rien, reprend la reine.

— Mets-moi sur la voie, supplie la princesse. Je veux être libre.
— Alors tu peux l'être, rétorque la reine.
— C'est trop dur, sanglote la princesse.
— Tant pis pour toi, conclut la reine.

Malheureusement, Élise Caravelle ne trouvait jamais de réponse et, sans réponse, point de parole. Elle partageait son temps entre la chambre marron, le salon dans les tons verts et la cuisine en formica. Elle ne lisait pas, ne mangeait pas, ne riait pas, ne pleurait pas. C'est à peine si on l'entendait respirer, quelquefois. Peut-être même avait-elle oublié que le ventre légèrement bombé qu'elle caressait machinalement me contenait tout entière. Toujours est-il qu'elle végétait dans le deux-pièces de l'indulgente Monique Bonneuil, aussi présente qu'un fantôme. Aussi pesante qu'un fantôme. Oui, ma mère devenait pesante. Pesant, son regard qui vous accusait ; pesant, son visage qui se durcissait ; pesantes, ses mains sur moi dans son ventre ; pesante aussi, cette drôle de manie qu'elle avait de se mettre face à la pendule quelques secondes avant que celle-ci ne sonnât l'heure exacte, le jour comme la nuit. Elle attendait quelque chose, oui, mais quoi ? Quant à Monique Bonneuil, pas un jour ne se passait sans qu'elle lançât à la ronde son désormais célèbre : « Eh ben, si j'avais dû m'laisser aller comme ça quand mon Lucien nous a quittés… » Personne d'ailleurs ne sut jamais ce qui serait arrivé si notre bonne vieille voisine s'était « laissée aller comme ça », car, pour autant que le quartier s'en souvienne, jamais elle n'avait fini cette phrase balancée à la cantonade…

Monique Bonneuil s'occupait beaucoup d'Élise Caravelle. Vraiment. Un peu trop, peut-être. Ma mère, qui avait déjà perdu les mots, perdait maintenant le contrôle. Bien sûr, pas d'un coup, tout doucement, sans laisser paraître quoi que ce fût. Et puis, elle s'en foutait. Elle était bien en elle. Elle n'aurait voulu en sortir pour rien au monde. Elle avait d'ailleurs tout oublié, ou presque. Et puis, la voisine, elle s'en foutait aussi. Elle ou une autre, quelle différence ? Elle se laissait voguer au gré du vent, au gré des envies de la vieille, ne prenant aucune décision, ne pouvant de toute façon plus en prendre, se complaisant presque dans un rôle de morte-vivante, préférant sans doute la vie à l'envers à la vie à l'endroit. Elle se dispersait de plus en plus dans les volontés de la Bonneuil pour ne plus en avoir aucune. Élise, dans ces conditions, ne pouvait pas recouvrer la raison. La mère Bonneuil avait réussi à l'abêtir complètement, sans le faire exprès, car, à trop vouloir bien faire, on peut tout foutre en l'air.

Monique Bonneuil s'occupait beaucoup d'Élise Caravelle. Vraiment. Et sans rien demander en retour. Ou si peu. Juste un peu de reconnaissance. Juste un peu de souvenir et de compassion le jour où, elle aussi, elle en aurait besoin. Mais pas clairement. Non, elle aidait pour aider, elle n'attendait rien. Mais quand même, le jour où la jeune reprendrait ses esprits, ça serait bien qu'elle n'oublie pas qu'elle, la vieille dame, ne l'avait pas oubliée.

Au fur et à mesure, les deux femmes atteignirent un degré d'intimité assez fort, l'une survivant sur le dos de l'autre, et l'autre comptant sur l'avenir de l'une. Elles étaient devenues interdépendantes. Aussi, bien que, parfois, la vieille montrât des signes d'agacement face à une situation qui perdurait, elle était, au fond, tout au fond, très satisfaite de son sort. D'ailleurs, elle ne savait pas comment elle aurait pu continuer à vivre si la chance ne lui avait pas souri de la sorte, en foutant un grand coup de massue sur le Frédo Caravelle. Un coup de pouce, ça ne se refuse pas. Tout, pour la sexagénaire, avait sa raison d'être – y compris, surtout, la détresse de la toute jeune veuve qui, le jour venu, lui assurerait, pour sûr, une fin heureuse et entourée.

Au bout d'un certain temps, notre chère voisine, qui n'était pas dotée d'un sens de l'observation à toute épreuve, nota avec étonnement qu'Élise Caravelle, en dépit d'un régime pour le moins frugal, avait grossi. Son ventre devenait de plus en plus rond, ses hanches s'épaississaient, ses seins gonflaient et, maintenant qu'elle y songeait, pas une seule fois, depuis deux mois que ma mère habitait là, ses règles n'étaient apparues. Manifestement, quelque chose de pas catholique se tramait là-dessous. Comprenant que, bientôt, Élise donnerait la vie, Monique Bonneuil sut que, tôt ou tard, elle perdrait l'exclusivité de la relation un peu biscornue, qu'elle qualifiait d'amicale, avec la jeune incapable.

Cette découverte transforma, pour un temps au moins, sa façon d'agir avec elle. Désœuvrée, priant sans cesse pour ne pas retomber dans l'absurde monotonie des jours qui coulent sans rien, la Monique versait des torrents de larmes, tant ce bébé semblait sonner le glas de son nouveau bonheur. Aussi décréta-t-elle que la haine serait sa meilleure défense. C'est bien simple, je n'étais pas née que, déjà, j'étais détestée. Et, de là à détester celle par qui j'arrivais, il n'y avait qu'un pas que la Bonneuil franchit le plus naturellement du monde : les rations de nourriture diminuèrent, le confort devint spartiate, les vilains mots fusèrent et les coups, imperceptibles d'abord, nettement marqués ensuite, se multiplièrent. Exaspérée que ma mère ne réagît jamais, furieuse de ne pouvoir tout contrôler, Monique Bonneuil souffrait. Atrocement. Toute la journée, elle nourrissait des ressentiments au goût aigre et trouvait à ma génitrice tous les défauts de la terre. En fin de compte, cela lui passait le temps et l'empêchait de ressasser ses espoirs contrariés d'une vieillesse à deux ou de sombrer complètement dans la dépression. Elle s'en voulait tellement d'avoir entretenu de telles illusions, on n'avait pas idée de se faire des films pareils. C'est ainsi qu'elle se vengeait sur ma pauvre mère.

Avoir les nerfs en pelote ne faisait rien avancer et notre chère voisine, épuisée par la souffrance, finit par laisser sa colère au placard. Elle entreprit alors de trouver une solution, car, enfin, il fallait bien que les choses se règlent. Elle avait gardé de son enfance des souvenirs épars qui resurgissaient de temps à autre, au gré de ses rêves ou de ses envies. De là où, toute jeune, Monique se tenait habituellement, elle ne voyait rien d'autre que les cheveux des femmes allongées sur la table de la cuisine, cuisses grandes ouvertes. Sa mère lui interdisait de regarder lorsqu'elle travaillait et la houspillait lorsqu'elle la surprenait à jeter un œil au travers d'une porte mal fermée. Mais la petite Monique, curieuse, voulait voir et comprendre pourquoi on chuchotait sur son passage et pour quelle raison étrange sa mère était considérée comme une pestiférée alors que toutes les dames du village défilaient à la maison. Alors elle regardait, jour après jour, intriguée, sentant comme de la magie là-dessous, se demandant même si sa maman n'était pas un peu sorcière. Plus tard, quand elle eut l'âge de savoir que les bébés ne naissent pas dans les choux et qu'elle fit le rapprochement entre les allégations proférées par ses camarades de classe et par les gars vaillants du coin, elle insista pour que sa mère lui enseignât l'art de faire des anges. Mais la mère, au grand dam de Monique, refusa toujours. Elle voulait un vrai métier pour sa fille, secrétaire ou un truc comme ça. Alors la jeune fille, déçue, questionna, épia, surveilla, prit ce qu'elle pouvait prendre seule et essaya même, avec une frousse certaine, sur une de ses amies. Plus tard, elle devint aide-soignante, maigre consolation de recherche identitaire.

Tous ces souvenirs, ces temps-ci, lui revenaient de plus en plus fréquemment : le jour, la nuit, en faisant la vaisselle, en balayant le sol, en étendant le linge. En s'occupant d'Élise, aussi. Ainsi, lentement mais sûrement, la petite idée selon laquelle il suffisait d'un rien pour qu'il n'y eût plus trace de grossesse fit son bonhomme de chemin, combattue aussi sec par une Monique un peu indignée par ses propres réflexions. Et puis, elle avait beau ne pas vouloir qu'on lui retirât la jeune femme, elle n'était pas prête à tous les sacrifices, à commencer par celui de vivre sans pouvoir se regarder dans une glace.

Chapitre 4

Le temps, infini, insondable, passait dans le morne deux-pièces où coexistaient deux veuves, l'une vieille, l'autre plus jeune, chacune enfermée à sa façon. Le ventre de ma mère prenait de l'ampleur, tout comme les angoisses de la Monique. J'arrivais, quant à moi, à ma vingt-troisième semaine, tranquillement, douillettement, ne me doutant pas de ce qui se jouait à l'extérieur de l'utérus protecteur. Je me promenais dans ce cocon, me retournais avec l'aisance d'une étincelle au milieu d'un incendie, m'étirais, me retirais, m'étirais encore et laissais apercevoir, pour des regards qui auraient été un peu fouineurs, un pied ou une main sur la paroi épidermique de ma maman. Les regards, cela va sans dire, étaient rares : je n'étais pas attendue, pas désirée, pas inventée. J'étais une gêne géante qui prenait de la place, un peu plus chaque jour, et l'on espérait en sourdine que me nier, c'était me faire disparaître.

Par un beau matin, tandis que l'ancienne lavait la prostrée, j'envoyai, nerveusement, quelques coups bien sentis dans l'abdomen de ma génitrice. Aussitôt, la doyenne s'habilla d'un sourire discret : comment ? se dit-elle, serait-il possible que... ? C'était la première fois, après tout, qu'elle et moi nous rencontrions. Pour de vrai. Elle avait trouvé cela charmant et elle en voulait encore. Tendrement, elle posa sa main décharnée et tremblante sur le ventre d'Élise, espérant que l'enfant, de nouveau, s'adresserait à elle. Moi, pas folle la guêpe, je n'en fis rien, attendant que le membre chaud et indésirable daigne cesser de peser sur mon épaule. Monique Bonneuil perdait patience. Sa main s'alourdit sur le ballon de chair et ses doigts crispés appuyèrent tour à tour, puis simultanément, sur mes os fragiles. Prenant de l'élan, je rendis énergiquement à la voisine la monnaie de sa pièce par un coup de poing que j'aurais préféré lui envoyer à même la face. Elle ne put empêcher son cœur de fondre : une bonne dose d'attendrissement venait de parcourir ses veines. La vie, son miracle, son éternel recommencement, son emprise malgré tout, avait raison des tragédies. Toujours. C'était ça, la morale de l'histoire. À communiquer ainsi avec un être en devenir, à converser de la sorte avec une cloque gonflée, elle en oubliait presque ma mère. Aussi, lorsque ses yeux, mouillés de bonheur, rencontrèrent de nouveau, et comme après une éternité, le visage impassible et le corps molasse de ma génitrice, elle ne put réprimer une bouffée de colère : non, décidément, cette jeune écervelée manquait de volonté et se complaisait dans cet état d'inutile hébétude, trop heureuse de ne faire que rêvasser, trop ennuyée à l'idée de se reconstruire. Et cet enfant, qui n'avait pas demandé à être là, victime innocente de la lâcheté d'un homme trop soucieux de lui-même, qui s'en chargerait ? Pas cette gourde, certainement pas. Alors, il faudrait bien le placer. Pauvre gosse. Non, Monique Bonneuil ne laisserait pas cette injustice advenir, pas tant qu'elle serait de ce monde en tout cas. La décision, ferme et définitive, s'imposa à la vieille femme : elle allait prendre soin du bambin, coûte que coûte. Mais en catimini, pour que personne ne le lui enlève ; mais en cachette, afin de préserver une vie d'amour contre ces fous furieux du dehors. Quant à la mère, eh ben la mère, eh ben tant pis, on verrait bien comment cela finirait. Pour l'heure, il n'était pas temps de se préoccuper de détails inutiles. Il s'agissait avant tout de se taire, de ne rien dire, à personne, personne.

Les jours, les semaines, les mois se succédèrent, tandis que la vieille choyait la femme qui n'était plus qu'un ventre, lui parlant, le caressant, notant la moindre de ses évolutions, s'extasiant de chaque mouvement perçu, et attendant surtout, fébrilement, la venue de l'enfant. Bientôt, à voir l'ampleur de la courbe et sa disposition, plus bas qu'à l'accoutumée, elle jugea que cela ne tarderait plus – un petit mois tout au plus. En effet, un lundi, en fin d'après-midi, elle remarqua qu'Élise Caravelle était différente : assise, se tenant légèrement moins droite, elle avait posé les mains sur son ventre, ce que, jusqu'à ce jour, elle ne l'avait vue faire que rarement. À intervalles réguliers, se rapprochant toutefois, une grimace s'affichait sur son visage épuisé, ses doigts se fermaient en un poing douloureux et ses yeux, sans éclat depuis plusieurs mois, brillaient d'une hargne muette. Monique Bonneuil, aide-soignante à la retraite, assista quelques instants au spectacle, paniquant légèrement, n'osant bouger de peur d'effrayer le bébé qui se décidait enfin à montrer sa frimousse, respirant à peine, désirant aider, se trouvant gauche, ne sachant comment agir et réprimant une envie folle d'appeler au secours. Mais elle devait affronter le destin qu'elle s'était choisi. Et puis, si cela se passait bien, si l'enfant était correctement construit, si les membres étaient à leur place, s'il n'avait pas deux têtes ou une maladie quelconque, elle aurait la certitude de ne pas vieillir seule. Et ça, ça valait vraiment le coup.

Comme d'un rêve, elle se réveilla et prit les choses en main : d'une poigne assurée, elle s'empara des épaules de la jeune femme, l'attrapa, la leva et la poussa vers la salle de bains. L'autre se débattit une seconde, puis, se rendant à l'évidence, se laissa mollement traîner dans la pièce d'eau, où la voisine la dévêtit, et s'allongea de bonne grâce dans la baignoire. Le combat pouvait commencer.

La vieille invectivait la jeune : « Poussez, poussez ! », qu'elle lui disait. La jeune, elle, poussait, machinalement, robot de chair aux yeux bleu métal. La vieille revoyait les scènes de son enfance, rachetait les anges de sa mère. La jeune ne voyait rien d'autre que cette satanée souffrance de merde, cette chose qui lui labourait littéralement le bas-ventre et qui n'avait rien à voir avec elle. Bon Dieu de bon Dieu, qu'est-ce que ça fait mal. Alors elle poussa, afin d'enlever cette créature d'elle, afin d'envoyer cette petite chose dégueulasse dans les roses, afin d'en terminer avec tout ça, une bonne fois pour toutes. Quant à la voisine, promue soudain au rang de sage-femme, elle suait à grosses gouttes, paniquait, se remettait d'aplomb, suait encore, re-paniquait, se re-remettait d'aplomb. Si elle en avait eu le pouvoir, pour sûr qu'elle aurait pris la place de ma mère, celle qui n'avait jamais donné la vie contre celle qui ne le méritait pas. Et sa puissance toute relative la mettait mal à l'aise, comme à l'écart de ce moment de communion au cours duquel chacun s'efforce de survivre dans l'autre, la mère dans l'enfant et l'enfant dans la mère. Alors elle en crevait, Monique, de n'être pas celle qui me mettait au monde, de ne pouvoir que jurer, parjurer, regretter et espérer, comprenant combien son corps à elle avait été inutile pendant toutes ces années, à quelle existence sèche l'aridité de ses terres intimes l'avait condamnée, isolée, sans don de soi et sans amour véritable. Monique Bonneuil pleurait de se voir en trop, comme toujours.

Après une bonne heure de combat acharné, de lutte, de doute, de passage étroit et d'effort insensé, le bébé arriva, récupéré aussitôt par une mère Bonneuil heureuse qui s'empressa de couper le cordon à l'aide d'une paire de ciseaux de cuisine qu'elle avait pensé à préparer près de la baignoire. Elle emmitoufla l'enfant dans une serviette éponge blanche, puis, se mordant les lèvres d'émotion, tourna les talons, oubliant ma mère, seule, nue, sanglante, un placenta gluant au creux des cuisses, évanouie et ignorant qu'elle avait mis une fille au monde. Poupoune, le yorkshire, jappait.

Monique Bonneuil avait imaginé ce moment. Monique Bonneuil avait rêvé ce moment. Monique Bonneuil avait déjà tout prévu de ce moment. Aussi, Monique Bonneuil ferma, un à un, les volets du petit deux-pièces. Personne ne devait savoir. Personne n'allait savoir. C'était son secret. À elle. Rien qu'à elle. Son bébé. Son enfant. Enfin. Son enfant. Le protéger. Envers et contre tout. Qu'on ne le lui prenne jamais. Alors, il valait mieux prévenir que guérir, ne pas le laisser à la lumière des autres, ne rien laisser sortir de chez elle, ne rien laisser entrer non plus. Faire que, toujours, l'enfant soit près d'elle. Faire que ce bonheur dure une éternité. Par chance, je pleurais mal, en sourdine. On ne m'entendit pas – jamais.

Les jours qui suivirent ma naissance étaient parfaitement réglés : Moni, nom que je lui donnerais plus tard par déformation enfantine, attendait que je fusse endormie pour sortir le chien et faire quelques courses. Les denrées qui m'étaient dévolues arrivaient à fréquence hebdomadaire à domicile, livrées depuis l'autre bout de la capitale par le fils d'un épicier parlant peu français, qu'elle était parvenue à faire venir toutes les semaines moyennant un salaire conséquent et qu'elle accueillait juste devant la porte de l'appartement. Je dormais avec elle, dans son lit, tandis qu'elle avait installé un matelas au pied du sommier pour ma mère. Cette dernière, qui ne m'approchait presque jamais, avait sensiblement changé depuis mon arrivée : son regard, apathique et vide, se muait maintenant en une lame acérée lorsqu'elle nous voyait passer, Moni et moi. Si bien que ma nourrice interdisait tout contact entre nous.

Après huit semaines, Monique commença à éprouver un grand malaise face aux regards de plus en plus perçants et inquisiteurs d'Élise Caravelle. Il lui était devenu impossible de s'occuper de l'enfant sans que la jeune femme, muette, se tînt dans l'embrasure des portes à l'observer, à l'espionner. Cela inquiétait, angoissait la vieille. Il fallait faire partir la mère. Pour le bien du bébé. Pour le bien d'Élise. Pour son propre bien. Pour la tranquillité de tous. Et puis, de toute façon, elle ne pouvait pas tout faire, et s'occuper d'une grande incapable et prendre soin d'un nourrisson. Elle n'avait plus l'âge, plus la force. Ce serait mieux comme ça, vraiment. Pour tout le monde. Alors, elle finit par la mettre sur le palier. Alors, elle appela les secours. Alors, on emmena la prostrée. Alors, on fit quelques recherches pour savoir qui elle était. Alors, on la déclara « incapable majeure ». Alors, on l'interna. Alors, on l'oublia presque tout à fait. Alors, la vie continua dans la pénombre du deux-pièces de la rue Chanzy pour ces trois êtres que rien ne prédestinait à être ensemble : une veuve sexagénaire, un yorkshire et un bébé rouquin au visage marqué d'une tache lie-de-vin, que l'on nommait dorénavant Anna-Marie – Anna parce que c'était joli, Marie pour la Sainte Vierge.

Chapitre 5

Que dire de ces années passées dans l'antre de Moni ? Pas grand-chose, si ce n'est que je ne mis jamais le nez dehors en dix ans, ma nourrice me gardant pour elle seule pendant toutes ces années. Sans aucune fenêtre ouverte sur le monde, sans télévision, je vécus sans savoir que le jour n'était pas la nuit. Le monde autour n'existait pas : ni ciel, ni étoile, ni rue, ni maison, ni personne. Juste Moni, Poupoune et moi. Quelquefois, cependant, parvenaient à mon oreille des bruits suspects, des klaxons, des voix, des pas ; mais, incapable de reconnaître leur provenance et ignorante de tout, je ne me posais aucune question et les acceptais comme l'*Homo erectus*, en son temps, avait dû être forcé d'accepter le tonnerre. Bien sûr, je profitais parfois de l'absence de ma nourrice pour grimper sur une chaise et tenter de percer, par la fine lumière des persiennes mal isolées, le mystère de ce qui m'échappait. Car, pour être innocente, je n'en étais pas idiote et ce que je percevais suffisait à me rendre curieuse – un peu. Mais, vite lassée par des investigations stériles, tétanisée à l'idée d'être prise en faute et, surtout, ne sachant pas trop quoi chercher, je choisis la tranquillité de l'obéissance et le contentement de la docilité. Moni, après tout, m'avait élevée comme ça : je lui devais tout, elle était tout, et moi, petite fille attentionnée, je ne mis pas sa parole en doute.

Chaque matin, après avoir sorti Poupoune et fait quelques courses, Moni s'asseyait à la table de la cuisine avec moi et nous commencions les séances d'instruction. Patiemment, avec tendresse, elle m'apprenait à lire, à écrire, à compter, à former des phrases et à penser. Elle me parlait religion, histoire, géographie, m'enseignait l'instruction civique et la morale, l'éducation artistique et la géométrie, et moi, je n'y comprenais rien, touchant ma bille en grammaire et en orthographe, piquant du nez sur tout le reste. Évidemment, il me manquait l'essentiel, la clé qui m'aurait ouverte à toutes ces choses : savoir qu'un monde extérieur existait, que Poupoune avait eu des parents, que Moni avait des voisins, que j'avais des camarades. Telle la grenouille au fond de son puits, mon monde se terminait aux murs du maigre appartement. Je buvais tout, mais ne digérais rien ; j'emmagasinais des connaissances comme on stocke du grain, au cas où, sans savoir ce qu'on en fera le cas échéant. Moni, quant à elle, pensait bien faire. Elle voulait transmettre, n'importe quoi pourvu qu'elle transmît un peu, beaucoup, d'elle. Sourde à ma criante incompréhension, elle déduisait que si je n'étais pas bonne, c'était que je n'étais pas douée, voilà tout.

Moni était gentille. Moni était prévenante. Moni m'aimait. Aussi étais-je heureuse. Autant que faire se peut. Elle m'élevait comme sa fille, m'entourait, me protégeait ; elle m'étouffait un peu, aussi, pour ne pas me perdre. Mais ça me convenait, car je n'avais rien connu d'autre. Et puis, Poupoune m'amusait. Ce cocon me suffisait, me rassurait. Cette pénombre était la nôtre, saine, charmante et cosy. L'enfermement ne me gênait pas, puisque c'était tout ce qu'on m'avait jamais proposé.

Moni ne me mentait pas. C'était une femme qui mettait un point d'honneur à vivre avec sa conscience pour elle et qui n'aurait pas supporté de voir une image déformée dans son miroir. Tout ce qu'elle avait fait – on en conviendra avec elle ou on en pensera ce qu'on veut – avait été dicté par les intentions les plus nobles. Moni, donc, ne se fit jamais passer pour ma mère, ni même pour ma grand-mère ; une tante éloignée, tout au plus. Elle ne m'en parlait jamais, en fait. Moi, je ne posais pas beaucoup de questions et quand, avec l'âge, cela finit par arriver, je me satisfaisais des réponses évasives lâchées par la vieille femme soupçonneuse et un peu sur la défensive. Mais, à l'époque, je ne voyais rien.

Le salon était mon seul et unique terrain de jeu. Le canapé m'autorisait à construire des cabanes, la table basse m'offrait un abri auquel moi seule avais accès, le bahut me procurait un panel d'accessoires de dînette que je me promettais de ne jamais casser, la petite bibliothèque me fournissait des livres et la pendule gardait mes secrets. Régulièrement, je lui parlais, cherchais à entrer à l'intérieur, la regardais sous toutes les coutures. Elle était ma confidente, ma camarade de jeu et mon garde-chiourme. Massive et somptueuse, elle me répondait toujours de sa voix de baryton, à heure fixe.

Rousse, les yeux verts en amande, d'une corpulence assez chétive, j'étais une petite fille au physique un peu ingrat. Le manque de lumière me donnait un teint blafard qui sautait aux yeux lorsque Moni allumait les petites lampes de la fée électricité. Et puis, il y avait cette tache violine qui, n'en finissant plus d'apparaître, me grignotait peu à peu le visage et jetait sur mon être une désespérante impression de souffrance. En dépit d'un amour qu'elle aurait souhaité sans faille et qu'elle s'évertuait à montrer comme tel, Moni me trouvait laide. Et me le disait. Elle, la toute-puissante, la magnifique, la raison, la sagesse. Et moi, la toute petite, la toute fragile, l'ignorante, la naïve, le laideron. Je n'avais rien à gagner à vouloir sortir de là. Elle avait tout à perdre à ce que je m'en aille.

Me gardant sous sa coupe, m'élevant dans la certitude qu'elle était ce qu'il y avait de mieux pour moi, les dix années passèrent comme une lettre à la poste, Moni jetant mes doutes minuscules aux ordures, m'entourant de mille prévenances, m'enlaçant d'une cage invisible et me crachant parfois quelques saloperies à la figure quand la fatigue ou les scrupules devenaient insupportables.

Désormais, ils sont au nombre de trois : le sac, le monument et la femme. Ses cheveux roux dansent légèrement au gré du vent. Ses yeux verts, sans le faire exprès, s'arrêtent sur le sac. Les formes de ce qu'il contient se dessinent sous les lumières artificielles. Elle devine les courbes, les vides et les pleins. Ses mains voudraient toucher l'épiderme de nylon, sentir encore, saisir une dernière fois. Ses doigts voudraient pénétrer à l'intérieur du petit contenant. Elle voudrait rapetisser au point de tenir tout entière dans cet espace de fortune. Elle aimerait tellement l'accompagner, ne pas la laisser seule. Elle voudrait que le froid, surtout, ne la surprenne pas.

Les passants sont rares. Un homme et deux femmes remontent bruyamment la rue Soufflot. Elle ne se retourne pas. Leur insolence l'horripile. Il y a de l'indécence dans leur gaieté festive. Elle entend leurs sarcasmes, leurs éclats de rire, leurs pas irréguliers. Elle ne sait pas à quoi ils ressemblent. Elle ne veut pas le savoir. Ils n'ont rien à faire là : cette place lui appartient.

Chapitre 6

Aujourd'hui, je suis persuadée que, d'une façon ou d'une autre, Moni était restée en contact avec ma mère, même si, pendant dix ans, elle ne m'en parla qu'épisodiquement, à ma demande et d'une gaieté de cœur toute relative. Depuis quelque temps déjà, à l'approche de mon dixième anniversaire, la vieille préparait son coup. Dix ans, dix ans, se disait-elle, dix ans, c'est l'âge de raison, c'est l'âge où les choses doivent être dites. Elle voulait que je voie ma mère. Mais, au fond du fond, ce n'était pas pour moi. Ce qu'elle désirait avant tout, c'était se prémunir contre des interrogations qui, forcément, grandiraient en même temps que moi. Alors, pour éviter les drames, les déchirures inutiles, les portes adolescentes qui claquent et les ennuis qui en découlent, elle avait pris une décision, un peu la mort dans l'âme, qui présentait, selon elle, le « meilleur rapport qualité/prix » : me montrer ma mère. Cela présentait un double avantage : m'épargner les fausses représentations et me pousser à la reconnaissance envers elle, pour ce qu'elle avait fait et pour ce à quoi elle m'avait permis d'échapper. Le jour de mon anniversaire, donc, sans crier gare, Moni m'emmena voir Élise Caravelle.

Aujourd'hui encore, ma mémoire est envahie par des millions de détails relatifs à cette journée : pas une heure, pas une minute ne se passe sans que resurgissent une image, un bruit, une sensation. Tout est prétexte à raviver ces souvenirs. Je me revois, ma petite main dans celle de Moni, tremblante, apeurée. Sans aucune précaution préalable, Moni m'avait jetée dans la gueule d'un loup tellement énorme qu'il m'avala toute crue.

Flash-back : je suis au milieu du salon. Je viens de terminer de recopier ma leçon de grammaire. Fatiguée de tenir mon stylo, je m'étire, je bâille, je promène mon regard sur mon univers. Mes cheveux sont électriques et j'ai beau les pousser derrière l'une de mes oreilles, ils retombent irrésistiblement sur mes yeux. J'entends un klaxon, puis un objet qui tombe. Ça vient de la chambre – enfin, je crois. Et puis, j'entends Moni grommeler contre un pied de lit trop dur ou je ne sais quoi. Curieuse, je m'approche de la chambre et découvre Moni penchée sur ses orteils. Elle sent ma présence, relève la tête, me sourit, me dit de bien m'habiller, que je vais avoir une surprise. Heureuse, je crie mon bonheur par un « wahou » strident qui envahit la pièce et je cours enfiler mes plus beaux habits. Je reviens vers Moni, qui me regarde, me jauge des pieds à la tête et finit par envoyer un soupir de satisfaction. Elle me dit : « Viens. » Alors je viens.

Elle me tend la main, je lui remets la mienne et elle m'emporte vers la porte d'entrée. De sa main restée libre, Moni attrape la poignée dorée et, soudain, la porte lourde et sombre se meut. Devant moi, le noir le plus complet : la minuterie est en panne. Personne ne l'a signalé à la gardienne, faudra penser à le lui dire en passant. Je me cramponne à Moni, je ne comprends rien. Où allons-nous ? Quel est ce nouveau monde ? Dans l'obscurité, Moni, qui ne lâche pas ma main, appuie sur un bouton lumineux. Une boîte qui monte et qui descend, un ascenseur. J'ai envie de parler, mais aucun mot ne parvient à sortir de ma bouche. J'ai envie de faire pipi, aussi : le stress, sans doute.

Bruits de câblages vieux de cinquante ans, pas dans les couloirs, voix lointaines – je sursaute comme je respire. Je lève les yeux vers Moni, qui regarde droit devant elle. Nous sortons de la boîte et nous nous approchons de l'entrée de l'immeuble. La lumière m'aveugle et me brûle. Ma main, dans celle de Moni, est humide ; à moins que ce ne soit celle de Moni. J'ai peur, je ne comprends toujours rien. Face à la sortie de l'immeuble, une autre boîte nous attend : quatre roues, deux grands yeux, un air vache, une voiture. Dans cette boîte sont installés quatre sièges, deux à l'avant et deux à l'arrière. Un homme d'une cinquantaine d'années y est assis. Il répond à un signe de tête de Moni, qui ouvre la portière arrière, lâche ma main engourdie et me pousse légèrement les épaules afin de me faire monter dans l'engin de malheur. Je résiste, je ne veux pas, je crie, je pleure – rien n'y fait, Moni m'attrape par le pantalon et pénètre à ma suite dans le taxi. Je vois, par le rétroviseur, que le chauffeur se marre : il ne comprend rien, lui non plus. Il fait un signe de tête à la Moni, que je ne reconnais plus. Ils sont de connivence, c'est sûr. Un complot, ou quelque chose comme ça.

Le taxi démarre. Tandis que je pleure et que je peste, les rues défilent devant moi. Bientôt, le paysage se modifie. Ce ne sont plus des rues, mais des champs, des jaunes, des verts, des carrés, des rectangles. Je ris : c'est rigolo, la campagne. Et puis, il y a le ciel, tout bleu avec quelques taches grises. Ça aussi, c'est rigolo. Ça bouge, ça change de forme. Soudain, les paysages ne défilent plus : la voiture s'est arrêtée devant un portail immense. Moni me fait descendre comme elle m'a fait monter, me dit : « Allez, viens », et moi, je viens, encore.

On entre dans un grand bâtiment en brique. À l'intérieur, tout est blanc, même les gens. Ils me regardent un peu bizarrement, d'ailleurs, tous ces gens. Moni marche devant moi, se retourne de temps à autre afin d'être sûre que je la suis. Elle marche vite, Moni. Je la trouve belle à ce moment-là. Plus belle que tous ces gens en blanc, tellement tristes qu'on dirait des fantômes. J'ai envie de faire pipi, mais je me retiens. Je suis grande, maintenant. Je ne veux pas déranger Moni, qui a l'air si pressée. Alors je lui emboîte le pas et je ne dis rien. Moni s'arrête devant un guichet, présente un papier, me montre du doigt, parle doucement. Puis elle repart, moi sur ses talons, et s'arrête de nouveau devant une porte écrue. Je reste un peu en arrière. Moni frappe deux coups secs et sourds sur la porte. Elle abaisse la poignée et entre. Je suis toujours là, mais à distance. Je l'entends dire bonjour. Je m'approche doucement. Au moment où je passe la tête dans l'embrasure de la porte, elle se tourne vers moi en souriant. La lumière est trop forte, j'ai mal aux yeux, je ne vois rien.

— Viens, me dit-elle. Viens, approche.

Je viens, j'approche. Mon cœur veut s'échapper de ma poitrine, mais je le retiens. Je suis grande, maintenant.

— Viens, n'aie pas peur.

Je n'ai pas peur ; je suis grande, maintenant.

— Anna-Marie, je te présente ta maman.

J'ai fait pipi. Mais je suis grande, maintenant.

En une journée, moi, Anna-Marie Caravelle, j'ai grandi d'une vie entière. En découvrant les cheveux blancs et le regard effrayant d'être trop effrayé de ma génitrice, toutes mes illusions d'enfant choyée s'évaporèrent. Cette femme, vieille et laide, qui avait préféré la mort d'un mari à la vie d'une fille, me figeait. Dans son visage se lisait la haine qu'elle nourrissait à mon égard, me rendant sans doute coupable dans son crâne malade de sa vie misérable. Le jour de notre rencontre, ma mère avait trente-six ans ; elle en paraissait trente de plus. Le chagrin avait ruiné le charme de cette femme, la lutte intestine qu'elle se livrait l'avait fatiguée et la haine du bonheur des autres l'avait rendue moche. Et morte.

Depuis ce jour, la vie a pris un tour quelque peu différent. D'abord, Moni me permettait de sortir Poupoune avec elle. Quelquefois, nous rencontrions des voisins avec qui Moni discutait un court instant. Progressivement, je compris que ma bienfaitrice avait une vie en dehors de nous, qu'elle connaissait des gens que je ne connaissais pas, qu'elle prononçait des prénoms nouveaux, qu'elle s'intéressait à des sujets qui ne me touchaient pas. Les gens se montraient souvent intrigués par ma présence. À leurs questions, elle répondait inlassablement que j'étais une nièce en visite, que mes parents m'avaient confiée à elle pour l'année, qu'ils voyageaient beaucoup, que c'étaient des artistes. Quant à moi, je me gardais bien d'intervenir dans ces discussions de grandes personnes, tant je me fichais de ce que pouvaient penser les autres. Élevée depuis toujours dans l'univers clos et sombre du petit deux-pièces où les seuls habitants étaient Moni, Poupoune, l'horloge et les meubles, le monde extérieur n'avait à mes yeux pas plus de consistance qu'auparavant. Il y avait eux et moi, et j'évoluais dans ce nouveau monde comme dans un rêve.

Un mois après notre visite à l'hôpital, Moni décréta qu'une nouvelle rencontre s'imposait entre ma génitrice et moi. Non que la première n'eût pas l'effet escompté, mais elle était d'avis qu'une petite piqûre de rappel ne pouvait pas me faire de mal. Aussi, par un après-midi pluvieux, ma nourrice me fit de nouveau grimper dans un taxi qui nous emporta vers l'hôpital. Trois quarts d'heure plus tard, nous arrivâmes toutes ruisselantes au même guichet qui nous avait accueillies la première fois. La femme, elle, n'était pas la même. Un peu plus en confiance que la fois précédente, déjà mollement habituée à cette existence nouvelle, je m'approchai assez pour entendre Moni expliquer que nous venions voir Madame Élise Caravelle, que nous avions une autorisation qu'elle était prête à présenter, que j'étais une nièce trop jeune pour la laisser décemment seule chez elle et qu'elle n'avait eu d'autre choix que de venir avec moi. La jeune femme blonde au teint doré se pencha, me toisa quelques secondes, demanda à Moni l'autorisation écrite, la parcourut, puis nous invita à nous diriger vers la chambre 22. Parvenue devant la porte, Moni frappa sèchement ; sans attendre la moindre réponse, elle abaissa la poignée et me fit pénétrer, seule, à l'intérieur de la pièce. Elle referma cette porte derrière moi et resta à l'extérieur. Tout comme la première fois, l'odeur, savant mélange d'essence algérienne et d'urine, vous prenait à la gorge. Tout semblait identique : la disposition des meubles, la vue de la fenêtre, la position de ma mère, assise face à la porte dans une attitude de perpétuelle attente. Pourtant, quelque chose avait changé, quelque chose d'indicible, d'intouchable, d'enfoui ; quelque chose dans les yeux d'Élise. Son regard, éteint, était redevenu vivant. Mieux, il était lumineux. Encore mieux, il m'était destiné, j'en étais certaine. De l'amour dedans, du bonheur tout plein, j'étais occupée à lire des choses merveilleuses dans les yeux acier de ma mère. Et moi, moi qui n'attendais rien, j'avais tout gagné.

Mais ce visage, que j'en vins même à trouver joli, se déforma peu après mon entrée dans la chambre en un petit sourire cynique d'abord, en un rire sadique ensuite, et se figea dans un horrible rictus. Les cheveux de l'affreuse, gris-jaune, voulurent se dresser sur sa tête maudite et ses yeux devinrent ceux du Mal. Nous restâmes ainsi face à face pendant quelques secondes qui me semblèrent une éternité. Pétrifiée, je regardais cette femme qui n'était rien pour moi se transformer en démon. Autour de nous, pas un bruit, comme si la vie s'était arrêtée afin que je puisse mieux jouir du spectacle. Puis l'abominable rictus s'effaça, et Élise, qui n'avait rien dit depuis près de dix ans, me fit signe d'avancer. Je m'exécutai sans respirer. Je m'arrêtai à deux mètres d'elle, prête à éclater en sanglots. De nouveau, elle me fit signe d'avancer. Je fis un pas, me donnant du courage, chantonnant dans ma tête une chanson entendue dans le taxi quelques minutes auparavant, et un deuxième, et un troisième. À un mètre d'elle, je résolus de ne plus avancer d'un pouce. Peut-être le comprit-elle ; elle abaissa son doigt maigre. Elle planta ses yeux dans les miens et je vis sa bouche remuer fébrilement. Essayait-elle de me dire quelque chose ? Elle voulait parler. Dans un premier temps, elle mit en mouvement sa mâchoire inférieure, et ouvrit grand sa gueule. Je devinai un *a*, pas très clair, d'accord, mais un *a* quand même. Ensuite, très lentement, elle ramena ses lèvres vers l'intérieur, comme pour former un *o*. Sans émettre un seul son, elle refit le même enchaînement de plus en plus rapidement. L'enchaînement maîtrisé, j'entendis un murmure sans saisir le mot. Je voyais se dessiner le *a*, puis le *o*, le *a-o*, *a-o*, *a-o*.

— Quoi, qu'est-ce que tu dis ?

Et là, dans un souffle, dans un cri comme venu des profondeurs de l'humanité, j'entendis pour la première fois de ma vie la voix de ma mère :

— SALOPE !

Salope. Salope. Quel drôle de nom pour une petite fille ! Quelle façon bizarre de nommer le fruit de ses entrailles ! Aujourd'hui, je sens bien ce qu'il y avait derrière ce mot répugnant. Mais là, devant ma mère, je ne parvins pas vraiment à saisir le sens de ce mot pas beau. Sans comprendre, sans savoir, je regardais ma mère avec des yeux ronds, cette mère que je n'avais pas choisie et dont j'avais fait la connaissance seulement un mois auparavant.

Salope. Salope. Ces mots résonnent encore en moi. Salope de gosse qui m'a tout pris. Salope, salope, salope. Salope de vie de salope. Et, peut-être aussi, je vais te tuer salope. Il y avait tout ça dans les yeux de ma mère. Tout ça, et plus encore. Je vois ses yeux haineux et, dans ses yeux, une mère qui déchire les entrailles de sa fille, qui hurle pour y vomir sa bile. Je vois une fille qui supplie sa mère de ne pas l'écarteler. Je vois une mère qui arrache à mains nues le visage de sa fille. Je vois, aujourd'hui comme toujours, de la souffrance et de l'horreur. Je vois et je ne vois plus rien. Je suis coupable de la mort de mon père, coupable de la folie de ma mère, coupable de tous les maux de l'univers. J'ai dix ans et, dans cette chambre claire aux relents d'urine sèche, je suis jugée pour crime contre l'humanité. Je suis coupable d'être née.

Et Moni, dans tout ça ? Elle n'a rien vu. Elle n'était pas là. Elle ne comprit jamais. Elle ne pouvait comprendre. Elle m'aimait trop pour concevoir la tempête qui venait de s'abattre sur moi. Ça l'aurait tuée, ma bonne vieille.

Chapitre 7

Voilà comment, d'une petite fille solitaire mais enjouée, pas avare de sourires pour un rond, je me changeai en une affreuse gamine taciturne, cynique, malsaine. Je devins en quelques minutes la fille de ma mère : à mon tour, je me muai en sorcière. Je ne parlais pas, je hurlais. Je ne pleurais pas, je geignais. Je ne marchais plus, je rampais dans la vie comme un serpent maléfique. Parfois, la nuit, je surprenais les gémissements de Moni. Elle souffrait, la pauvre vieille. Presque autant que moi. Sauf qu'elle, elle ne savait pas, elle ne savait rien.

Par une nuit d'hiver où je ne trouvais pas le sommeil, Poupoune, comme à son habitude, vint se coller contre moi. Petit chien fragile, frêle créature qui me regardait avec tout l'amour dont elle était capable. Elle était âgée, Poupoune ; elle était mignonne, Poupoune. Moi aussi, je l'aimais, Poupoune. Aussi, je ne comprends pas bien ce qui s'est passé cette nuit-là. Je me rappelle l'avoir entraînée dans la cuisine. Je me rappelle m'être saisie du couteau qui traînait dans l'évier. Je me rappelle m'être approchée d'elle en lui lançant des « Salope » doucereux. Je me souviens de son regard confiant tandis que mes joues s'embrasaient. Puis je ne me souviens plus de rien, juste du cri de Moni lorsque, alertée sans doute par les pleurs du clébard, elle accourut. Je me souviens du réveil qui suivit ma torpeur, de mes mains visqueuses de sang, du chien qui n'en était un que dans mon souvenir. Je me souviens de ses pattes, séparées du corps, de sa queue, séparée du tronc, de ses yeux, séparés du visage, petites billes noires aux pupilles dilatées. Je me souviens d'un goût âcre dans ma bouche. Je me souviens surtout de la seule parole que je fus capable de prononcer : « Salope, Poupoune est une salope. » Et puis, aussi, du regard de Monique Bonneuil, ce regard où se mêlaient frayeur et incompréhension – le même, je crois, que le dernier regard du yorkshire.

Je vois d'ici votre tête horrifiée. J'imagine très bien ce que vous vous dites : « Pauvre gosse. Avec tout ça, ça ne pouvait pas finir autrement. » Vous avez raison. Ça ne pouvait pas se passer autrement. Une princesse déchue ne supporte jamais bien sa chute.

Quant à Moni, elle me sembla cette nuit-là bien plus vieille qu'à l'accoutumée. Elle avait soixante-douze ans. Plantée devant l'entrée de la cuisine, incapable d'autres mouvements, ses yeux dansaient dans leurs orbites et venaient se poser tantôt sur mes mains rouges de sang, tantôt sur les restes du chien, tantôt – et sans raison apparente – sur les volets fermés, pour, enfin, revenir sur ma petite personne :

— Mon Dieu, qu'est-ce que j'ai fait ? murmura-t-elle. J'ai fabriqué un monstre. Un monstre de dix ans. C'est ma faute. Ah, Lucien, aide-moi. Sainte Marie mère de Dieu, qu'est-ce que j'ai fait ? Un monstre, un gros monstre. Ma pov' Poupoune. Un chien si gentil. Mais qu'est-ce qu'elle a fait ? Qu'est-ce que c'est que cette drôle de gamine ? Pourquoi ? Pourquoi elle a fait ça ? J'aurais jamais dû la garder avec moi... Elle est tarée, comme sa mère.

Pensait-elle que je ne l'entendais pas ou avait-elle tout simplement oublié ma présence ? Tout à coup, ses yeux rencontrèrent les miens. Le tourment violent de son regard me glaça. Elle s'approcha de moi, m'attrapa par les cheveux en hurlant :

— Sale gosse, sale gosse ! Tu n'es qu'une sale gosse !

Je me débattis, tant et si bien que je parvins à me dégager de la furieuse étreinte. À peine mes pieds prirent-ils conscience de leur liberté retrouvée qu'ils me conduisirent en une course folle vers celle qui avait toujours été mon refuge, la grosse pendule du salon. Je restai là, cachée derrière l'immense boîte en bois, accroupie, les genoux entre mes bras, le visage entre mes genoux. Et puis, un drôle d'air dans ma tête : *tata tada, tata tada, tata tada…* Combien de temps suis-je restée ainsi ? Une heure, dix heures, trois jours, je n'en ai aucune idée. Tout ce que je sais, c'est que la pénombre a fini par quitter le petit deux-pièces mal foutu. Lorsque je revins de ce que l'on appellerait une absence, de mon absence, de ma promenade post-pendulaire intérieure ou tout simplement de mon sommeil éveillé, je vis comme qui dirait un changement autour de moi. Les volets avaient été ouverts et les rideaux levés. Cette clarté inattendue conférait à la pièce dans laquelle je me trouvais une sorte de béatitude, de paix céleste. Quant à ma pendule, ma très chère pendule, la lumière lui donnait un coup de vieux. Mais je m'en fichais ; quand on aime, ces petits défauts ne comptent pas. Quelques secondes après avoir senti la chaleur du jour sur mon visage, je sentis un autre type de chaleur, dans des endroits plus honteux cette fois : j'avais fait pipi sous moi et, à en croire l'impressionnante quantité de liquide déversé, j'avais dû pisser plus d'une fois.

D'un bond, je me levai. Je vis le sang séché sur mes mains et les taches marron-orangé sur ma chemise de nuit. De toute ma personne se dégageait une odeur bestiale. Je me mis à marcher d'un pas indolent dans le salon, puis entrepris de me rendre à la cuisine quand, au détour d'un couloir, mes yeux rencontrèrent une drôle de petite fille : rousse, les cheveux sales, une tache rose qui lui couvrait le cou et la joue droite, le dos voûté, le regard hagard et les mains dégoûtantes. L'étonnant, c'est qu'elle était habillée de la même façon que moi et que, si je levais le bras, elle levait le sien, si je me grattais le nez, elle grattait le sien, si j'ouvrais la bouche, elle ouvrait la sienne. Je mis du temps à comprendre que cette petite fille perdue au beau milieu du couloir, c'était moi. Et, mon Dieu, quel choc lorsque je compris qui j'étais.

Je m'approchai un peu plus de mon autre moi jusqu'à ce qu'un nuage de buée couvrît le bas de mon visage. Enfin, son reflet. Mes yeux prirent alors un drôle d'air, un air qui, à vrai dire, ne m'était pas inconnu. Cet air, c'était, à n'en point douter, celui de la cruauté la plus exacerbée, celui de l'inhumanité. Cet air, c'était, non, non je ne peux pas, non je ne veux pas, c'était… c'était… c'était celui… celui de l'abominable… l'abominable bonne femme, ma mère, ma terrible ravagée de mère, ma génitrice impossible. Et l'enfer de ces yeux, et l'enfer de ces yeux, et l'enfer de ces yeux… Maman, maman, qu'est-ce que tu m'as donné là ? Est-ce possible que je partage avec toi quelque chose ? Et pourquoi ces yeux atroces quand tu aurais pu m'offrir une main, un nez, une texture de cheveux ou que sais-je encore ? Pourquoi mon visage porte-t-il l'horreur d'avoir vu le cadavre de mon père ? Ma tache, mes yeux, ma tache, mes yeux, ma tache, mes yeux, du sang, mes yeux, ma tache, une larme, ça tourne, tout tourne, j'ai peur, maman j'ai peur, salope, salope, ma tache, ça tourne tellement, ne me regarde pas, ne me regarde pas comme ça s'il te plaît, j'ai peur, j'ai peur, tellement peur. Maman, Moni, ne me laissez pas, ne me laissez pas, pas toute seule, j'ai rien fait, c'est pas moi, je le jure, c'est pas moi… Maman, c'est moi, je suis maman…

Que pouvais-je faire contre l'horreur que m'inspirait mon propre reflet ? Arracher mes yeux l'un après l'autre ? À dix ans, qui s'arracherait les yeux ? Non, je résolus d'affronter ce regard et tout ce qu'il représentait. Si j'étais maman et si maman était moi, si ces yeux étaient ses yeux et si ce corps tout entier était son corps, si dix ans à peine me séparaient de ce puant orifice qui m'avait vue naître, je devais gagner mon salut.

Chapitre 8

Moni était une petite femme bien sous tout rapport qui aimait prendre soin d'elle. Elle ne cherchait pas vraiment à séduire, tout juste espérait-elle paraître propre et distinguée aux yeux de ses voisins, de son fromager, de son facteur, bref de tous ceux qui rendaient sa vie si douce et sans surprise. Aussi usait-elle de quelques artifices colorants et odorants : du vernis transparent sur les ongles, du rose pas trop vif sur les lèvres, de la poudre de riz sur le visage afin de lui conférer un teint de porcelaine, assortie d'une touche de blush discret pour rehausser la saillie de ses pommettes vieillissantes. Après s'être maquillée, elle tamponnait délicatement l'arrière de ses oreilles et le creux de son cou de son doigt imbibé de fragrance : de l'eau de Cologne pour l'été parce que « ça rafraîchit », du musc de chez Avon pour l'hiver parce que « ça sent bon ». J'avais, quant à moi, rapidement pris l'habitude de la regarder se préparer à affronter le monde extérieur comme on regarde un comédien enfiler son costume de scène, tout à la fois fascinée et envieuse, pleine d'une angoisse traqueuse pour un spectacle que je ne jouais jamais.

Je voyageais dans ces pensées lorsque, soudain, un bruit de clés parvint à mes oreilles. Une petite toux derrière la porte aussi. C'était Moni qui rentrait. Un sentiment étrange où se mêlaient honte et culpabilité me saisit l'estomac et tout le reste. Qu'est-ce que j'avais fait ? Ma bonne Moni allait certainement être furieuse lorsqu'elle se rendrait compte de ma découverte. Peut-être même allait-elle me gifler en me trouvant là, face à mon reflet ? Eh bien non, rien, pas même un regard vers celle qu'elle avait élevée. Tout juste si elle bifurqua légèrement en passant à ma gauche. Elle était parfaite en gentille petite vieille : coiffée, maquillée, habillée exactement comme je me l'étais imaginée quelques minutes plus tôt, à un détail près cependant : elle se pinçait frénétiquement les lèvres.

Dès lors, Moni et moi n'étions plus rien, ni une famille, ni même deux compagnons de galère. Nous étions devenues deux étrangères et, si l'on nous avait vues, nous aurions pu passer pour deux individus qui venaient juste de se rencontrer. Elle refusait de prendre ses repas à mes côtés, ne préparait d'ailleurs rien et me laissait fouiller dans le réfrigérateur à la recherche de quelque pitance ; elle ne me regardait plus, ne me parlait plus. Je n'existais plus. J'aurais pu être morte, sa vie n'aurait pas été plus solitaire. Tel un pouvoir magique, elle réussissait à me refroidir tout entière dès que je la savais dans les parages. C'est dire si je n'y étais pas la bienvenue. Je sentais que le bruit même de mes pas l'horripilait et que le moindre de mes gestes était malvenu. Je le sentais, oui, mais, à dix ans, on ne fait que sentir et les mots ne viennent pas facilement pour s'expliquer ce que l'on ressent. Je le sentais donc et ce sentiment se traduisait par une boule au ventre, petite mais piquante, puis de plus en plus grosse. Ce genre de boule qui vous mange les tripes et vous arrache les bronches. Ce genre de boule qui rend vos yeux aveugles et qui s'insinue dans tout votre corps, jusqu'à vos orteils. Le genre de boule qui vous tue si vous ne la tuez pas avant.

Nous vivions ainsi côte à côte, sans jamais échanger une parole. Nous vivions côte à côte, mais nous avions cessé de vivre ensemble. Seuls, des regards se risquaient parfois entre nous : les miens l'imploraient de me pardonner et de me redonner ma chance ; les siens m'envoyaient brûler en enfer.

Nous vécûmes ainsi pendant trois ans, dix-neuf jours et huit heures. Cela me parut une vie entière. Trois années de muette solitude pendant lesquelles

Moni m'avait emmurée vivante. Trois années de glace à me réfugier auprès de la pendule, protection que l'on me refusait partout ailleurs. Là, blottie, cachée, je sentais que l'infernale Bonneuil ne pourrait jamais m'atteindre. Au fond, tout au fond, recroquevillée dans ce corps sonnant à heures régulières, je retrouvais sans doute les sensations inconnues d'une période bénie et je parvenais ainsi à calmer mes peurs. Car, oui, j'avais une peur atroce de cette femme et, les soirs les plus sombres, j'imaginais les scénarios les plus horribles : tantôt je la voyais surgir devant moi, blanche de talc, les yeux et les lèvres grimés à outrance, la bouche édentée et les sourcils dessinés, poussant un gloussement infect tandis que sa main ridiculement longue me saisissait ; tantôt, je me la figurais derrière chaque porte, derrière chaque recoin, armée de quelque objet tranchant et prête à m'égorger. La scène se terminait toujours de la même façon : devant mes yeux écarquillés de frayeur, elle se mettait à tourner, à tourner, de plus en plus vite, et à chanter cet air : « …Quand il me prend dans ses bras, il me parle tout bas, je vois la vie en rôôseuuuu. Il me dit des mots d'amour, des mots de tous les jours, et ça m'fait quelque chôôseuuuu… » Ma tête en est encore pleine. C'est un véritable concert. Je voudrais mourir pour ne plus avoir à l'entendre.

Mes cauchemars de petite fille ne faisaient qu'aggraver une réalité déjà très lourde à supporter. Le malheur a une temporalité qui lui est propre et la souffrance dure toujours une éternité. Mon éternité à moi, c'était ce vide qui s'était installé dans ce deux-pièces, cette angoisse qui transpirait par tous les pores de ma peau et cette affreuse bonne femme qui m'avait élevée, que j'aimais encore et qui, pourtant, n'était plus capable d'amour envers moi. Le genre de boule qui vous tue si vous ne la tuez pas avant.

Un beau jour, ma Moni se leva un peu plus tôt qu'à son habitude. Elle fit bouillir de l'eau, versa trois cuillères à café de chicorée dans le fond de sa tasse et, avec l'assurance que confèrent des centaines d'années d'expérience, elle saisit le manche de la casserole, la souleva et l'inclina précautionneusement vers la tasse. La boisson prête, elle la laissa refroidir et se mit en quête du paquet de biscottes, dans le buffet de la cuisine. Le paquet trouvé, elle en sortit trois petites biscottes dorées et les posa sur un essuie-tout qu'elle avait préalablement placé sur la table. Il s'agissait de veiller à ne pas faire de miettes. La margarine, quant à elle, attendait déjà près du sopalin. Moni avait pris soin de la sortir du réfrigérateur dès son réveil, avant même de passer aux toilettes. Ainsi, elle n'était pas trop froide et se laissait aisément tartiner. La chicorée et la margarine à température ambiante, Moni pouvait commencer à manger. Délicatement, elle enfournait une bouchée de tartine qu'elle faisait inexorablement suivre d'une gorgée de chicorée. Sa précision était telle qu'elle parvenait toujours à finir ses trois biscottes et sa chicorée au même moment. Jamais une bouchée de biscotte n'était perdue quand sa chicorée était terminée ; jamais elle n'avait besoin de prendre une gorgée de chicorée sans biscotte. Tout était parfaitement réglé. Moni avait cette intelligence propre à quelques-uns, l'intelligence des détails futiles, l'intelligence qui ne sert à rien.

Ce jour-là, donc, Moni prit son petit déjeuner comme tous les jours, puis s'engouffra dans la salle de bains. Aussitôt, je jetai un œil par la porte entrouverte. Et je la vis bien, trop bien même, comme jamais je ne l'avais vue. *Quoi,* me dis-je, *cette chose rabougrie, plissée, voûtée, cette chair ramollie et ces trucs qui pendouillent, quoi, c'est ça qui m'empoisonne ?!* Le ruissellement de l'eau dans la baignoire se mêlait au bruit de la ventilation. De temps à autre, la voix de Moni perçait et je percevais un léger murmure. Elle parlait toute seule, Moni.

Perdue dans mes pensées, je ne me rendis pas compte que l'eau avait cessé de couler et, avant que j'aie eu le temps de réagir, la Bonneuil me faisait face. Elle planta son regard droit dans le mien et, sans un mot, me cracha au visage. Décontenancée, je partis en courant me réfugier derrière la pendule. Ni larme, ni colère, ni tristesse : le coup porté m'avait littéralement sonnée. Quelques dizaines de minutes plus tard, je l'entendis claquer la porte tandis que des effluves de musc se propageaient jusque dans mon repaire. Laissée seule dans l'appartement, je me ruai dans sa chambre, saisis le flacon de parfum, ouvris le bouchon et répandis le liquide sur toute la surface du lit. À l'aide de son rouge à lèvres, que je n'eus aucun mal à trouver, je dessinai sur les draps rosés et fleuris une silhouette que je me mis, machinalement, à appeler Moni : « Ça y est, Moni, tu es presque prête ! Tiens, Moni, fais-toi belle ! » Et je versai la poudre de riz sur la tête de ma victime. « Tiens, Moni, mets ta robe ! » Et je sortis de la penderie la plus belle des robes pour en habiller ma nouvelle amie. « Tiens, Moni, prends ça et ça, et ça aussi ! » Et je déballai tout ce que je pouvais, pourvu que ma poupée fût ressemblante. Finalement, je contemplai mon œuvre, un tantinet fière de ce que j'avais réalisé. Mais il manquait quelque chose pour que ma Moni de chiffon fût complète. Je réfléchis quelques instants, puis attrapai la photo jaunie du mari décédé pour la placer dans ce que je me figurais être la main gauche de ma création. Le côté du cœur – c'est dire si je n'en voulais pas à Lucien d'être là où il était aujourd'hui. Puis, sans prévenir, une clé tourna dans la serrure. Je restai près du lit, immobile et comme pétrifiée, mon ouïe aux aguets.

— Je vous jure, madame Bonneuil. Il a vraiment dit ça. Pourtant, à le voir, comme ça, on l'aurait pas cru.

Je reconnus la voix de la concierge de l'immeuble qui, comme chacun se l'imagine aisément, ne parlait que des autres, sur les autres, au détriment des autres. Ses locataires étaient des sujets d'étude, mis à sa disposition afin qu'elle pût en connaître un peu plus sur le genre humain et, surtout, en rendre compte. Autrement dit, Madame Goncalves-Lemarchand, dont la biographie pouvait se lire dans le patronyme même, à savoir un mariage calme et tranquille après le choix furieux de l'exil, Madame Goncalves-Lemarchand, donc, était payée honnêtement à faire la petite causette, appartement et charges inclus dans le contrat de travail.

— Ah, ben ça alors, j'en reviens pas. C'est vrai qu'il a l'air plutôt gentil. On imagi…

— C'est ce que j'vous dis. Comme quoi, madame Bonneuil, on a beau dire, on connaît jamais les gens. C'est comme la p'tite môme d'en face. Une gueule d'ange, on lui donnerait le bon Dieu sans confession, à celle-là. Mais faut pas vous z'y fier, moi j'l'ai vue faire avec l'aut'grand.

— Bon, ben, j'vais devoir vous laisser. C'est pas que je m'ennuie, mais, à mon âge, on aime bien se reposer un peu après les cou…

— Oui, oui, j'comprends. Comme on dit, c'est ceux qui sont à la retraite qu'ont le moins le temps.

— C'est vrai, c'est ce…

— Vous fâchez pas, va, madame Bonneuil, j'dis ça pour vous titiller. D'ailleurs, j'ai mes poubelles qui m'appellent. Au fait, j'y pense, cette petite fille rousse que vous aviez avec vous… oh, ça fait un bout de temps déjà, c'était vot'petite nièce, à ce qu'on m'a dit. Elle est jamais revenue vous voir ?

Je frémis.

— Euh, si, si, elle est bien venue un peu, mais… elle a eu un accident, la pauvre enfant. De voiture, l'accident. Un camion, de face. Terrible, ça a été terrible, surtout pour ses parents, vous imaginez…

Je n'en croyais pas mes oreilles. Moni venait de m'envoyer un semi-remorque en pleine tête avec une facilité dont je ne me serais jamais doutée.

— Mon Dieu, quelle horreur ! Une si petite fille ! Remarquez, la route, de nos jours, c'est vraiment dangereux. Au moins, là où elle est maintenant, elle risque plus rien. Vous venez de me retourner, madame Bonneuil. Ah, ça, si je m'y attendais, une enfant… Y a pas d'justice, moi j'vous l'dis, y a vraiment pas d'justice. Bon, ben, c'est pas tout ça, mais nous, on est bien vivants – pas vrai, madame Bonneuil ? Et mes poubelles, elles vont pas s'vider toutes seules !

Enfin, les deux commères échangèrent les formules d'usage, je perçus des bruits de pas qui s'éloignaient, puis j'entendis de nouveau tourner, plus sèchement cette fois, la clé dans la serrure de la porte d'entrée. Une peur indescriptible, une terreur bien au-delà de la terreur même, me paralysa littéralement. Je ne pensais plus à rien et je n'avais aucune conscience de ce qui empêchait mon corps de bouger. Je restais là, stupide, à attendre que Moni entrât.

Elle entra. Dans le couloir d'abord, où tous les bruits familiers, tous ceux qui avaient fait de mon enfance ce qu'elle avait été, se mirent à résonner l'un après l'autre. Je les connaissais tellement par cœur, ces bruits, que je devinais machinalement les prochains, au fur et à mesure : le grincement de la porte, le tintement des clés que l'on pose dans un petit réceptacle de faïence, le cri du plancher, ce cri qui se rapproche, le froissement du manteau que l'on ôte, le cri du plancher de plus en plus proche, jusqu'à devenir un hurlement, la toux chronique de ma Moni, le plancher qui hurle, qui hurle, qui hurle, et puis – et puis plus rien. Moni était là, face à moi ou plutôt face à ce que j'avais fait. Elle ne me regardait pas et je ne sais même pas si elle s'aperçut de ma présence à côté du lit. Son regard, dans lequel se mêlaient, je le voyais bien, des sentiments contradictoires, semblait être l'exact reflet à cet instant de ce qu'avait été toute sa vie : vide, mais pas assez pour échapper à l'angoisse de l'existence ; niais, mais pas assez pour être totalement dénué de méchanceté. En somme, à ce moment précis, la Bonneuil n'avait pas très bon œil…

Tout à coup, ma mère, venue de nulle part, s'invita à la fête sans crier gare. Elle entra dans la pièce, volant, sautillant et chantonnant *La Vie en rose*, dépassa Moni qui ne la vit pas, me regarda, me sourit, puis vint se poster derrière moi, me caressa les cheveux et murmura, de son souffle glacial, à mon oreille :

— *Vas-y, Anna, mon Anna-Marie, bousille-la, la vieille…*

— Quoi ? Hein ? Qui est là ? Qui me parle ?

— *C'est moi, Anna. C'est maman, ma chérie. Là, tu vois, les ciseaux ? Ça sera rapide.*

— De quoi ? Qu'est-ce qui sera rapide ? Allez-vous-en. Partez !

— *Un petit coup et, couic, fini, tu seras tranquille…*

— Non, non, non… Je ne comprends pas… Moni, Moni, au secours…

— *Mais si, allez, un peu de courage. Tu en crèves d'envie…*

— Non, c'est pas vrai…

— *Regarde-la. Elle ne t'aime pas. Elle t'empoisonne. C'est elle ou toi. Crève-la.*

— Non, pitié…

— *Crève-la ! Crève-la ! Crève-la !*

— Arrêtez…

— *Crève-la, crève-la, crève-la !*

J'étais horrifiée. La panique me prenait tout entière. Je devais faire quelque chose. Tout s'est passé très vite : Moni assommée sur son lit, roulée tant bien que mal jusqu'à la place qui lui était dévolue, la cage thoracique transpercée pour être sûre qu'on n'en parlerait plus. Seule, je n'aurais rien pu faire : ma mère, Élise Caravelle, l'abominable sorcière aux yeux d'horreur, était là, avec moi, à m'indiquer la marche à suivre. Je l'entends encore me dire ce qu'il convenait de faire, je la vois prendre ma main et saisir l'arme, je sens sa force me soutenir alors que je menaçais de m'écrouler sur le corps lourd de Moni. Je la revois enfin partir comme elle était arrivée, sans un regard pour moi, volant droit devant elle, chantant et souriant, me laissant seule face à ce carnage. Et moi, moi qui ne comprenais pas bien ce qui venait de se passer, moi qui, les premières fureurs oubliées, me sentais quand même un peu apaisée. J'étais enfin délivrée de cette vieille mégère.

Chapitre 9

Le corps de Moni était sur le lit, à l'emplacement exact du dessin que j'avais réalisé quelques instants plus tôt. Stupéfaite, la bouche pâteuse, je contemplais mon œuvre. Quelques secondes, quelques minutes, quelques heures, quelques années, je ne saurais dire combien de temps je suis restée là, devant le corps sans vie de ma nourrice. Mon esprit était aussi vide qu'il est possible dans ces moments-là ; quant à mon âme, elle souffrait un peu, pour sûr : j'avais, comme qui dirait, mal à l'âme. Soudain, un bruit me parvint du dehors, une sonnette, un klaxon, une voix, que sais-je, mais toujours est-il qu'il me tira de la torpeur dans laquelle je me trouvais. Mon état d'hébétude se changea en panique. La panique est un sentiment bizarre : elle vous tient tout entier et vous fait faire des choses auxquelles vous n'auriez jamais pensé, des choses insensées. Pour une raison qui m'est encore inconnue, je m'approchai de la petite coiffeuse de la chambre et me regardai dans le miroir. La tache de mon visage avait doublé de volume.

Comment ? Cette tache lie-de-vin était-elle proportionnelle à la quantité de sang que, à peine adolescente, j'avais déjà sur les mains ? Mon père, Poupoune, Moni, ma mère un peu aussi, par procuration – l'histoire de ma vie paraissait s'écrire sur moi comme une blessure ouverte, une gangrène horrible qui sans cesse me rappelait qui j'étais.

Je savais que j'allais devoir sortir et je devinais trop bien que les regards se porteraient sur ma face. J'avais le sentiment que permettre aux autres de me regarder, c'était leur permettre de me deviner totalement. Je devais, à tout prix, éviter cela. Je devais faire disparaître cette marque qui barrait ma figure et qui était, selon moi, le signe annonciateur d'une vie ratée. Je ne songeais même pas à cacher le cadavre, puisque je portais les meurtres sur moi et que, à l'évidence, ils étaient tatoués sur ma peau à l'encre indélébile. Tout à coup, j'eus, comme qui dirait, un éclair de lucidité. J'avais sous les yeux le maquillage que Moni utilisait pour paraître plus distinguée et que j'avais méthodiquement replacé lors de mon moment artistique. Mon salut se trouvait dans la poudre de riz et le blush. J'aurais raison de cette trace comme j'aurais raison de ma vie. C'est une promesse que je me fis, et une promesse est une promesse, présent de vérité absolue !

Je commençai à tamponner délicatement mes joues de poudre de riz à l'aide d'une sorte de petite éponge dédiée à cet usage. Doucement, avec la précision d'un orfèvre, je passai la petite brosse sur mes pommettes et descendis jusqu'au menton, côté droit d'abord, côté gauche ensuite. Puis le front, l'arête du nez, la fameuse empreinte de l'ange qui apparemment était encore en période d'essai, la bouche, le cou. Le résultat ne fut pas celui escompté : si l'horrible tache s'était estompée, elle transparaissait encore, et un simple coup de vent suffirait à la dégager totalement. Je bouillais. J'enrageais. Elle devait disparaître complètement. À pleines mains, je saisis le récipient de poudre de riz, en déversai le contenu sur la table de la coiffeuse et, frénétiquement, entrepris de frotter mon visage dans cette marée blanche. Je frottai tant et si bien que mon cou me fit souffrir et que mes joues s'échauffèrent. Je relevai la tête, me regardai dans le miroir. La tache avait disparu – mon visage aussi, d'ailleurs : je n'étais plus qu'un fantôme pâle. Je m'effrayai. Qu'importe, il n'y avait plus aucune trace de ce que j'étais. Le résultat me convenait.

Je tournai la tête du côté du lit infernal, celui sur lequel reposait Moni, et, à pas de loup, comme pour ne pas la réveiller, je m'approchai, tremblante, presque jusqu'à la toucher. Je plantai mes yeux dans les siens, restés ouverts, surpris pour l'éternité. Je la fixai, tentant une dernière fois de percer ce qu'elle était. Mais, bon Dieu, son regard était maintenant affreusement vide tandis que, quelques instants auparavant, il me parlait. Car les regards des vivants parlent, discutent, vous permettent ou vous empêchent ; ceux des morts rentrent en eux et paraissent se demander ce qui a bien pu leur arriver, *ad vitam aeternam*. Persiste seulement le doute – le néant, quoi.

Sans crier gare, une irrésistible envie de courir me saisit, m'empoigna les jambes et me porta le plus vite qu'elle put, loin, très loin. Je sortis en trombe de l'appartement, dévalai littéralement les escaliers et courus ainsi sans autre but que de laisser derrière moi mon ancienne vie. Je courais comme on rattrape le temps perdu, avide de tout, prête à tout pour ne plus jamais me laisser enfermer, ni par moi-même, ni par les autres. Éperdue, à bout de souffle, je courais comme on vole. Boutiques, rues, avenues, carrefours, voitures, motos, vélos, bus défilaient à toute vitesse. Des silhouettes sans visage s'écartaient devant moi, éructant parfois quelques paroles imprécises. Et puis, cette atroce mélodie, encore et toujours, sortie du fin fond de ma mémoire, réminiscence odieuse d'un temps révolu.

Cours, ma belle, cours, Caravelle, cours loin, aussi loin que tu peux, sème tes démons avant qu'ils ne te rattrapent. Tu peux courir, ma fille, mais tes yeux sont toujours mes yeux et tu resteras le fruit de mes entrailles, pour les siècles des siècles. Cours, Anna-Marie, cours, ta Moni t'attend au coin de la rue. Cours, Anna, tu me portes sur ton visage, tu ne peux pas m'échapper, je te mangerai. Cours, ma petite fille, je suis la reine du temps et je veille.

J'étais soûle et, tandis que mes pieds semblaient s'être mués en ailes, mon esprit, tel un navire désemparé, chavirait, heurtait des récifs, était ballotté çà et là au gré d'une force dévastatrice, aveugle et invisible. Je ne pensais plus, tout m'envoyait valser. Je sombrais.

Haletante, sans le souffle, je m'arrêtai près d'un banc, repris mes esprits et regardai les alentours. Devant moi, un banc vert, un peu dégingandé, comme on en trouve des centaines à Paris. À ma droite, une station de métro, ouverte, allumée, prête à accueillir le tout-venant et à engloutir le moindre passant. Les uns s'y pressaient, se bousculaient, se frayaient un chemin, exaspérés par la nonchalance des autres. Il faisait déjà presque nuit et, en cette froide soirée d'hiver, Paris avait des airs de transhumance : des veaux, des moutons se dirigeaient instinctivement vers la grande bouche surchauffée. Les égarés, les rêveurs étaient rappelés à l'ordre par des chiens munis de sifflet, d'épaules extravagantes ou de regards furibonds. C'est bien connu : l'hiver, à dix-huit heures, Paris n'aime pas les promeneurs, les flâneurs. Être parisien, c'est aller vite. Or, moi, à ce moment précis, je n'allais pas vite ; j'étais debout, immobile, ce qui me valut coups et rebuffades. Est-il besoin de préciser que, parmi tous ceux qui m'avaient heurtée, pas un ne se retourna pour en savoir un peu plus ? Aux yeux de ceux qui passaient à côté, je n'étais qu'un obstacle à contourner, une perte de temps à éviter. Finalement, un poteau ou moi, c'était du pareil au même. J'étais plantée là, dans le décor, un peu moins jolie qu'un cyprès, un peu plus grosse qu'une merde de chien.

Je ressentis alors une effroyable solitude. À regarder tous ces autres pour qui je n'avais pas plus d'existence qu'un papier froissé dans le caniveau, je savais que nous ne faisions pas partie de la même vie. Ils avaient la leur, ils rentraient chez eux, ils étaient attendus quelque part, par quelqu'un ou quelque chose, ils avaient des obligations, des horaires à respecter. Quant à moi, et je me le pris en pleine figure, rien ni personne ne m'attachait plus à aucun endroit : on ne m'attendait pas, peut-être même ne m'attendrait-on plus jamais. Comme si je me réveillais après toute une vie de sommeil, je mesurais l'ampleur de ce qu'impliquait mon état. J'étais aussi désemparée que la dernière sardine d'une boîte, que le dernier chocolat que personne n'ose terminer. Je m'appelais Anna-Marie Caravelle. J'avais treize ans et des brouettes. J'étais seule au monde. J'avais peur. J'étais blanche comme un linge. Ah oui, j'avais un peu froid aussi.

Ses bras s'ankylosent, ses jambes se raidissent. Sa position devient vraiment inconfortable. Il va falloir qu'elle se lève, sous peine de se laisser enterrer sous le pavé. Et il va falloir qu'elle porte son sac, que de nouveau elle ressente cette douleur sur son épaule meurtrie et sur son cœur en décomposition. Qu'elle le dépose, un peu plus près, sous un Panthéon accueillant qui lui promet monts et merveilles. Qu'elle se résolve à l'abandonner devant cette grille basse que personne, étrangement, ne pense jamais à escalader. Il va falloir qu'elle fasse confiance à cette bâtisse et qu'elle lui confie cette mort, qu'elle la laisse prendre possession de tout ce qu'elle fut et de tout ce qu'elle sera.

Chapitre 10

Je repris mon chemin, plus calmement cette fois, et j'errai, à qui mieux mieux, tournant tantôt à gauche, tantôt à droite, empruntant la ruelle la plus sombre ou le boulevard le plus éclairé, écoutant mes envies, suivant les pigeons, les bouches d'égout, les courbes des trottoirs, parfois attirée par un bruit insolite, un éclat de voix, souvent guidée par le plus hasardeux des hasards. Ma promenade prit brusquement fin quand une voix un peu rauque me héla :

— Eh, toi, la p'tite !

Interrompue dans le fil de mes pensées, je me retournai. Un homme que je n'avais pas vu, ou auquel je n'avais pas prêté attention, était assis contre un mur de façade. De là où j'étais, je ne pouvais ni deviner son visage, ni même mettre un semblant d'humanité dans toute sa silhouette. Sur le moment, notre seul point commun était de parler français.

— N'aie pas peur, j'vais pas t'bouffer.

Je m'approchai. Je ne risquais pas grand-chose, au point où j'en étais.

— Qu'est-ce que tu fais là, dehors, à c'te heure ? Avec ce froid ? T'es toute seule ?

Je hochai la tête. L'obscurité était telle que je ne pouvais pas le distinguer complètement. Je suppose que lui non plus, d'ailleurs.

— Y a vraiment personne avec toi ? Ton père, ta mère, quelqu'un, quoi ? Parce que, par ici, c'est pas très sûr pour une petite fille… T'es encore une petite fille, pas vrai ?

Je ne répondis rien. J'avais l'intuition qu'ouvrir la bouche reviendrait à me rendre coupable de tous les crimes depuis que le monde est monde. Le silence avait ceci de confortable qu'il ne m'obligeait pas à mentir. Car qu'aurais-je pu répondre, si ce n'est que, oui, mon corps était bel et bien celui d'une enfant, mais que l'âme qui l'habitait en paraissait beaucoup, mais alors beaucoup plus ?

— Si tu me réponds pas, j'vais pas pouvoir t'aider. Moi, c'est Camille. Et toi, comment tu t'appelles ?

Je ne m'appelais pas pour lui, il n'avait pas besoin de m'appeler. Je gardai le silence.

— T'es française, au moins ? Parce que, si ça se trouve, tu parles même pas français ? Ou alors t'es muette… En tout cas, toi aussi, t'as l'air paumée.

Tu devrais rentrer chez toi, je suis sûr qu'il y a des gens qui s'inquiètent.

Je lui fis signe que non. Je m'approchai encore, persuadée en mon for intérieur que cette voix, un peu usée, ne me voulait aucun mal. Je n'aurais pas su dire pourquoi, mais le fait est que le son de cette voix, encore inconnue quelques minutes auparavant, m'apaisait. J'avais confiance. Parvenue à deux, trois mètres de lui tout au plus, je pus discerner un peu les contours de l'homme et je pris quelques instants pour observer cette figure sortie de nulle part. Ses cheveux, raides et fins, étaient en bataille, comme si mon bonhomme venait tout juste de se réveiller. Je n'aurais pu dire alors s'il était brun, blond ou roux, car le lampadaire l'éclairait à peine assez pour que je puisse me faire une vague idée du gars. Un front haut et bombé, des traits tirés, épuisés par la vie, des pommettes saillantes, des joues creuses, un nez fin, une mâchoire de midinette et un menton légèrement en galoche. Bien qu'il fût assis, je le devinais de taille moyenne et plutôt mince. Dans son regard mystérieux se mêlaient la crainte de la bête traquée, la bienveillance de celui qui sait et la lueur maligne de celui qui a compris. Pour le dire autrement, il me sembla que devant moi se tenaient à la fois mon double, mon inquisiteur et mon sauveur.

— En même temps, si tu veux pas causer, c'est comme tu veux. Moi, j'vais pas t'obliger. T'as pas l'air d'avoir chaud, en tout cas. Viens t'asseoir là, à côté de moi. Y m'reste un peu de café dans le thermos.

Je m'exécutai, sans même un mot de remerciement. Il ne parut pas s'en offusquer, peut-être ne le remarqua-t-il même pas. En prenant place à ses côtés, je sentis l'odeur âcre qu'il dégageait, odeur de crasse et de transpiration, odeur humaine des bas-fonds, répugnante et profondément effrayante par l'image qu'elle nous renvoie de notre race. Car cette odeur pourrait être celle de n'importe qui, tombé dans la décrépitude. Puanteur de la misère parisienne, gluante, moite. Avertissement, aussi : attention, semble-t-elle vous dire, prends garde, demain ce pourrait être ton tour, ou le tien, ou le tien, ou le tien. Je pris ma respiration. Je m'assis et manquai d'écraser un adorable bébé husky.

— C'est Tolstoï, me dit-il. N'aie pas peur, il est très gentil, il te fera rien. Tu peux le caresser.

Je m'assis donc, laissant grimper sur mes genoux le petit Tolstoï et collant mon épaule contre celle de Camille. Là, j'eus plus chaud, et au-dedans et au-dehors. Camille me tendit en souriant une tasse de café, infect mais magnifique, qui acheva de me réchauffer. Je n'étais plus seule, Camille était là.

Je ne savais pas qui il était, et lui ne connaissait même pas mon prénom. Peu importe, nous étions ensemble contre tous, nous n'avions pas froid – la Terre pouvait bien s'arrêter de tourner que, à cet instant précis, cela ne m'aurait pas dérangée. Il est des moments que l'on voudrait voir figés pour l'éternité. C'était un de ceux-là. Heureuse pour la première fois depuis des lustres, je m'endormis, paisible et confiante, la tête contre son torse, les mains dans la robe bleue et blanche du chien majestueux.

Chapitre 11

Le lendemain matin, je m'éveillai tandis que le soleil faisait son apparition dans le ciel parisien. Paris au réveil est à mille lieues de Paris qui s'endort. La couleur rosée que l'aurore dépose sur la ville, le chant des oiseaux invisibles et insaisissables, cette promesse d'un autre jour lui donnent un charme particulier, presque secret, que seuls les initiés, les décalés, les passionnés ou les insomniaques peuvent appréhender. Celui qui n'a jamais vu le soleil se lever à Paris a assurément raté quelque chose. Il y a, dans ces heures, du beau et du mystère. Il y a des espoirs, des histoires, des trésors et des diamants dans cette ville quand le soleil lui fait l'honneur de sa présence. Paris, tu es un être à part, doté de toutes les grâces. Tu n'appartiens à personne, mais tu tiens le monde entier dans ta main. Paris, tes fantômes courent les rues et tes morts même ne veulent pas s'en aller. Celui qui te quitte est condamné à te chercher partout. Tu déstabilises, Ville, tu accueilles et tu dévores. Ceux qui arpentent ton pavé à la recherche d'un peu de chaleur ou de nourriture sont tes rejetons les plus assidus et les moins ingrats. Leurs paroles seront des poèmes à ta gloire, leurs mots sauront à coup sûr te rendre justice. Paris, aime-les comme ils te réclament et, par pitié, soit la cour de leurs miracles.

Je m'éveillai donc, avec tout au fond de mon esprit un vague souvenir de ce qui s'était passé la veille : Moni, la fin du calvaire, ma fuite et, le plus important, ma rencontre avec lui. Des courbatures dans tous les coins, je n'avais pas même la force de tourner la tête pour le voir. Je le sentais respirer et le haut de mon corps se soulevait de concert avec son torse. Je m'étais endormie sur son cœur et n'avais pas bougé d'un centimètre de toute la nuit. Sa respiration était douce, emplie d'une sérénité à toute épreuve. Une inspiration plus prononcée m'informa qu'il était sur le point de s'éveiller, lui aussi. Courageuse, je levai la tête, me mis droite et m'adossai au mur qui était juste derrière moi. Ainsi, je pus le contempler à loisir, lui qui n'avait pas encore soulevé une paupière. Dans ce demi-sommeil, il était magnifique et la lumière du matin, qui lui rendait bien plus justice que la pénombre de la nuit précédente, me révélait un garçon aux traits juvéniles et doux. Son visage, qui m'était apparu presque usé dans la lumière blafarde du réverbère, avait maintenant des airs d'un autre monde : blanche et rose à la fois, sa peau eût fait pâlir d'envie toutes les starlettes de la planète ; ses yeux, encore clos, étaient en amande ; ses cils, longs et courbés, n'avaient besoin d'aucun artifice ; ses sourcils enfin, merveilleusement dessinés, avaient une perfection régulière. Sans ce grain de voix particulier qu'il m'avait fait entendre la veille et l'attaque pileuse d'une barbe naissante, il eût pu être aussi bien mâle que femelle. Si Michel-Ange avait à nouveau voulu peindre un ange, il ne l'aurait pas imaginé autrement. Camille était parfait.

Sous les assauts répétés de l'adorable Tolstoï, Camille finit par se réveiller tout à fait. Le petit chien, las d'attendre son maître, s'était mis à lui grimper dessus, lui léchant le cou et la face, pour faire apparaître sur son visage un léger sourire. Bien qu'il ne fût adressé à personne, je pris ce sourire pour moi et, aussitôt, une vague de bonheur me serra la gorge. Tout à coup, les yeux de Camille s'ouvrirent et je le vis chercher avec étonnement qui pouvait bien être cette fille rousse et laide qui l'observait. Il m'avait apparemment oubliée. Mais son regard, soudain, d'incertain devint sympathique. Il me sourit – et ce sourire, cette fois, n'était que pour moi. Fière, heureuse à en chialer, j'eus envie de me blottir contre lui, mais un accès de timidité me retint et je restai, face à lui, les yeux baissés. Nous ne nous connaissions que depuis quelques heures et je me voyais mal lui imposer un contact trop pressant. Mais le cœur a ses accès que rien ne peut empêcher, sauf la raison, qui parfois commande un peu trop. Ce garçon était nouveau pour moi, tout comme ce qu'il m'inspirait. Comment vous dire ? Je ne comprenais pas bien ce qui se jouait, et aucun mot ne me venait pour décrire ce que je ressentais. Je subissais des sentiments dont je n'avais pas idée, enfermée comme je l'avais été durant toute mon enfance. C'était violent, c'était inouï, c'était tout neuf et c'était effrayant.

Camille, ce matin-là, avait le regard de ceux qui savent sans rien demander. Il avait devant lui une meurtrière, un assassin dont le visage même reflétait l'horreur des actes passés. Je savais qu'il savait. Ou, plutôt, je devinais qu'il m'avait devinée. Il est des gens qui lisent en vous comme dans un livre ouvert. Il était de ceux-là. Quant au livre ouvert, on l'avait laissé moisir sur mes joues, mes yeux et mon nez. Le talc, sous l'effet de la nuit et de la sueur de la course, avait dû disparaître, car Camille, hésitant, finit par me dire quelque chose du genre :

— T'es un peu différente, à ce que je vois. On l'est tous, en même temps. Du rouge, du rose, de la couleur. Ça fait pas d'mal, la couleur. C'est toi qu'as raison, on devrait tous mettre un peu de couleur.

Je ne sus quoi répondre, et je ne répondis rien. D'ailleurs, qu'aurais-je pu dire, moi qui n'avais jamais imaginé cette tache sous cet angle flatteur ? Mais je dus convenir qu'il avait raison : le gris, couleur de la plupart des Parisiens, était monotone. Moi, je l'étais beaucoup moins. Un arlequin du boulevard, en quelque sorte. Rappelons, par ailleurs, que je n'avais rien dit depuis notre rencontre. Lui me parlait quand mes yeux se chargeaient de répondre.

— Bon, ben, c'est pas tout ça, va falloir qu'on bouge. C'est pas une vie, de rester toute la journée au même endroit. On s'ennuierait ferme, tu crois pas ?

Ptêt' ben qu'oui, ptêt' ben qu'non. Non, honnêtement, je n'y croyais pas : à ses côtés, je n'aurais jamais pu m'ennuyer. À ses côtés, j'avais tout : la chaleur, l'espoir, l'amitié, l'amour. Je n'avais pas faim ; je n'avais pas soif. Sa seule présence m'alimentait. Il se leva et regarda en souriant Tolstoï, qui s'était animé de plus belle. Le mignon petit husky avait faim, certainement. Un œil bleu et l'autre marron, il jappait, sautillait, agitait sa queue, aussi joyeux que peut l'être un animal de son espèce. Camille paraissait attendri de tant de bonheur simple. Le petit chien semblait n'espérer rien d'autre dans la vie qu'un peu de nourriture, d'eau et de chaleur.

—Allez, mon chien, on y va! lança-t-il à son cabot.

Attrapant un sac à dos gris-verdâtre aux inscriptions baveuses et la veste dans les mêmes tons sur laquelle il avait, nous avions, passé la nuit, il se mit à marcher, tout droit, sans se retourner. Un frisson glacé me parcourut; ma petite boule à l'estomac réapparut. Puis, d'un coup, vers moi:

—Tu viens, ou pas?

Ma copine la boule se fit la malle. Je souris en baissant les yeux et leur emboîtai le pas, à ce demi-dieu sorti de nulle part et à son fidèle compagnon. Le jour était maintenant complètement levé et le soleil blanc d'hiver avait pris ses quartiers dans le ciel urbain. En haut, pas un nuage. En bas, pas une feuille sur les arbres. Les lueurs réconfortantes de l'aurore avaient laissé place à une froide matinée de février, blanche et bleue, avec des nuances de gris, du gris clair des gaz des pots d'échappement au gris sombre des immeubles haussmanniens mangés de pollution. L'omniprésence de cette crasse la rendait invisible aux yeux du commun des mortels. À force de trop voir, on finit par ne plus rien voir du tout.

Au milieu de ces couleurs blafardes, les cheveux châtains aux reflets dorés de mon homme se détachaient de l'asphalte en fils d'or éclatants.

Légèrement devant moi, Tolstoï à ses côtés, il m'apparut plus mince que lors de notre rencontre. C'était, en somme, encore un enfant. Une voix profonde, une barbe naissante, mais un enfant, assurément. Ou alors un être entre deux âges, entre deux mondes. Sa démarche était hésitante et volontaire à la fois et dégageait une impression de nonchalance déroutante, de désinvolture réfléchie, pensée, construite. Il ne marchait pas, il volait. Mais il ne volait pas comme on vole parfois, lorsqu'on est amoureux ou simplement très heureux, ou très jeune. Il volait comme si une intelligence supérieure le portait. Il volait intelligemment.

Tous les cinq mètres environ, le chien pissait sur tout ce qu'il trouvait : Tolstoï était un mâle, un vrai, et il devait faire en sorte que toute l'avenue le sût. Il urinait donc au grand air. Camille s'engouffrait de plus en plus dans mes rêves et moi, absorbée de lumière, de froid, de chaleur, je suivais tant bien que mal le clebs qui suivait le maître, ou le maître qui suivait le clebs. En réalité, je finis par ne plus savoir très bien qui je suivais, du clébard bleu ou de l'ange soleil.

Ainsi, notre petite équipe arpenta la rue Bobillot, traversa la place d'Italie, descendit l'avenue des Gobelins, remonta la rue Mouffetard, puis passa le long de la rue Clovis jusqu'à la place des Grands

Hommes. Là, par terre, nous fîmes une petite pause, face au Panthéon.

— Tu vois, me dit-il, ici, c'est un peu ma maison. Je m'arrange pour venir au moins une fois par jour. Quand tu as fait des choses bien, de grandes choses, on te met là, dans cette gigantesque bâtisse. Comme si ces murs empêchaient les gens de pourrir. Moi aussi j'aimerais qu'on me mette là, le jour où je serai mort. C'est moins dégueulasse de moisir ici. T'as le cadre, t'as la vue et t'as même des gens qui paient pour te voir. Les cons !

Je frissonnai. Tandis que l'Ange me racontait ses rêves de postérité, une affreuse pensée me vint : qu'était-il advenu de Moni, ma pauvre Moni, la Moni de mon enfance, la sorcière de ma préadolescence ? Gisait-elle toujours, comme je l'avais laissée, sur mon dessin, ou bien quelqu'un l'avait-il découverte ? Rien n'était moins sûr. Monique Bonneuil était une femme seule : quelques connaissances par-ci, par-là, la concierge, le facteur, la voisine, mais personne qui, au fond, pût vraiment s'inquiéter de ne pas la voir sortir faire ses courses. Elle était comme un pot de fleurs dont on ne remarque pas l'absence le jour où quelqu'un se décide à l'enlever. On sait que quelque chose a changé, mais on ne saurait dire quoi. C'était ça, Moni : un pot de fleurs que j'aurais décidé d'enlever. J'imaginais alors qu'on ne la découvrirait pas, jamais, ou alors dans très longtemps. Devant moi défilait tout le processus de la décomposition. Je n'avais aucune connaissance en la matière, mais un drôle d'instinct me tenait lieu de savoir : je voyais ses yeux se creuser, ses cheveux tomber, sa peau se flétrir et sa bouche s'ouvrir. Je la voyais figée pour l'éternité, pénétrer mon œuvre ou se laisser avaler par elle. Dans quelques mois, Moni ne serait plus que ça : un dessin sur un lit.

— Mourir, à mon avis, ça sert pas à grand-chose, juste à faire que les autres se souviennent de toi, continuait l'Ange. Tu as remarqué comme on oublie vite les vivants et comme les morts se laissent jamais oublier ? Moralité : si tu veux accéder à l'éternité, mieux vaut commencer par mourir.

— Je m'appelle Anna-Marie. Anna-Marie Caravelle. J'ai presque quatorze ans. J'ai tué Moni hier.

Ces mots m'oppressaient depuis trop longtemps. Je les avais expulsés, crachés comme on hurle. J'avais presque crié ou, tout du moins, j'en eus l'impression. L'Ange s'arrêta net et me fixa de son regard splendide. Tolstoï, qui s'était un peu éloigné, revint vers nous.

— Donc tu parles, finalement, me dit tranquillement Camille.

Oui, je parlais. Puis j'attendis. Mais rien. Aucun autre son ne sortit de ses lèvres. Je me dis qu'il avait peut-être mal entendu ou pas bien écouté.

— Anna-Marie. C'est joli, comme prénom. Un peu long, quand même. Tu veux bien que je t'appelle Anna ?

Bien sûr que je voulais bien. Il pouvait même m'appeler Valentine, Suzette ou Alfred si cela lui convenait. J'étais prête à devenir qui il voulait, pourvu qu'il acceptât ma présence près de lui. J'acquiesçai donc d'un signe de tête.

À l'évidence, Camille m'avait entendue. À l'évidence, il laissa cette nouvelle information de côté. Moi, j'avais confessé ma faute : j'en étais déchargée ; j'étais légère, la plus légère des créatures que cette terre eût jamais portée. Sans prononcer un mot, il se leva, passa la main dans ses cheveux, remit ses affaires en ordre et reprit son chemin vers le jardin du Luxembourg, accompagné du sautillant Tolstoï qui réussissait désormais l'exploit de pisser sans pisser. Peu lui importait, au fond, puisque c'est l'intention qui compte. Ainsi, le Chiot Bleu levait la patte et l'abaissait sur chaque obstacle sans aucune raison apparente. De temps en temps, Camille le rappelait à l'ordre, doucement, gentiment et sans une once d'impatience. Le petit chien redressait une oreille, penchait sa tête vers la droite, se mettait à remuer frénétiquement sa queue et revenait rapidement vers son maître. S'il avait pu sourire, pour sûr, il l'aurait fait. Il y avait une quantité considérable de tendresse entre ces deux êtres.

Un petit chien devant, un ange au milieu, une rouquine maigrichonne à sa suite – notre équipe devait avoir une drôle d'allure. Les gens de la vie, la vraie, celle qui reprenait ses droits après s'être endormie, ceux qui, tout beaux tout neufs, reprenaient leur existence miniature après quelques heures de repos plus ou moins méritées, ceux qui, rassérénés après une nuit chez Morphée, pensaient plus et mieux que les autres, bref, ceux-là mêmes qui passaient devant moi sans me voir la veille au soir, arboraient maintenant un regard curieux dès qu'ils arrivaient à notre hauteur. Leurs yeux passaient de Tolstoï à Camille, de Camille à moi, de moi à Tolstoï, avant de revenir, plus insistants, sur moi et de se perdre dans les « Pov' gamine », les « Qu'est-ce que c'est que ça ? » ou les « Ils en ont une mine, ceux-là… ». Comment auraient-ils pu savoir, ces ignorants, que je vivais là les plus belles heures de mon existence, guidée par le plus merveilleux des êtres ? Les regards bien ou mal pensants glissaient sur moi comme autant de petites brises insignifiantes. Mon univers tournait désormais autour de Camille et de Tolstoï. Je marchais près d'eux et, tout en marchant, je sentais combien j'allais devoir leur appartenir pour ne pas revenir à mon existence misérable d'avant. C'était mourir de bonheur et d'amour, mourir par le don de soi, mourir de m'oublier ou mourir comme on crève, d'ennui, de souffrance et de nuit noire. Entre les deux, le choix avait été vite fait. Je choisis, bien évidemment, le côté solaire de l'Ange et du Chien Bleu. Et, tandis que devant nous apparaissait l'immense Notre-Dame, Moni, ma mère, la pendule, le deux-pièces, Poupoune, tout cela disparaissait derrière l'imposante lumière toute neuve de ma nouvelle vie. J'en venais même à douter que ces événements eussent réellement existé.

— T'as faim ?

Sa question me fit sortir de la torpeur dans laquelle je m'étais laissée glisser. J'avais un peu faim. Mais pas trop. Je haussai les épaules.

— Attends-moi là, me dit-il. Je reviens. Ne t'inquiète pas, je serai pas long.

Il siffla son compagnon, accéléra le pas et se retrouva en deux temps trois mouvements de l'autre côté de la rue. Je le regardai s'éloigner. Allait-il seulement revenir ? Des larmes commencèrent à perler sur mon visage sale. Ma peau me tiraillait et l'eau salée brûlait mes lèvres gercées. Le froid, que je n'avais pas vraiment senti jusqu'alors, me lacéra de ses lames aiguisées. Pour la deuxième fois depuis le début de la matinée, mon estomac se noua en une boule terrible : des sanglots remontèrent à ma gorge et des spasmes me secouèrent. L'Ange, c'était sûr, avait déserté. À peine avais-je eu le temps de savourer ma joie et d'entendre les oiseaux chanter dans ma tête que la douce mélodie s'était muée en épouvantables rires. *Ah ah ah. Ah ah ah. Anna-Marie, Anna-Marie…*

— Anna-Marie ! Anna !

Camille était devant moi, livide.

— Ça va ? Tu te sens bien ? Oh, oh, ça va ?

Je m'éveillai comme d'un songe. Sans doute m'étais-je évanouie. L'être aux cheveux d'or me prit doucement dans ses bras et me tapota les joues. Doucement, presque tendrement. Derrière lui, je distinguai quelques visages inconnus, un attroupement de badauds. Leurs yeux étaient braqués sur nous, sur notre drôle d'allure ou sur notre drôle de situation, je ne saurais dire.

— Anna, ça va ? Dis, ça va ? Tu veux que j'appelle un médecin ?

Je fis signe que non : ce n'était pas la peine, ce n'était rien. L'angoisse, peut-être ; les émotions, sans doute. Quoi qu'il en soit, tout allait bien aller, maintenant qu'il était là. Un peu par paresse, beaucoup par plaisir, je fis traîner ce moment.

Langoureuse, lascive, je me reposais de tout mon poids sur lui, ainsi penché sur moi. Ses bras semblaient-ils vouloir me pousser vers la station debout que je refermais les yeux aussitôt, feignant une nouvelle faiblesse. Me quittait-il un instant du regard que je me laissais aller un peu plus. Pour autant, je n'oubliais pas les gens qui nous entouraient. Certains paraissaient paniqués, mais surtout de ne pas tout voir, d'en louper un morceau. Ceux-là, faciles à repérer, avaient la bougeotte, ils jouaient des coudes, disparaissant d'un trou pour réapparaître un peu plus loin. D'autres prenaient un air de circonstance, voyant dans mon état une parabole des failles de la société et de ceux qu'elle laissait sans ressources. Comme aimantés les uns aux autres, mués par une force invisible qui leur procurerait le pouvoir de se reconnaître, ils discutaient à voix basse. Des inconnus encore passaient leur chemin en jetant de petits regards du coin de l'œil : ce n'est pas parce qu'on est pressé qu'on ne peut pas se rincer un peu, non mais.

Un dernier, plus courageux, en manque de reconnaissance ou simplement plus aimable, creva le cercle des curieux et s'approcha de nous.

— Vous voulez que j'appelle les secours, monsieur ? J'ai mon portable…

Puis, lui tendant généreusement le boîtier noir luisant :

— Faites le 112. C'est gratuit, je crois.

Allons bon, un radin. C'était trop beau. Comme quoi, personne n'est ni blanc ni noir. La couleur humaine, c'est le gris, comme Paris, comme les rats, comme la pollution, comme la fiente de pigeon. Camille, sans hésiter, déclina l'offre d'un ton qui ne souffrait aucun contre-argument. L'autre, vexé, glissa son téléphone noir dans la poche de son pantalon noir, passa le cercle dans l'autre sens à grand renfort de souffle nerveux et se promit de ne plus jamais, au grand jamais, proposer son aide à des gens peu soucieux de s'en sortir. À chacun sa merde !

J'adorais ce que je vivais. Ou, plutôt, j'adorais mon genre de petite mort dans ces bras divins. Seulement, la vie n'aimant pas la mort, je dus, à contrecœur, me résoudre à reprendre mon existence, sous peine de lasser mon Ange. Je me redressai donc. Tout le temps qu'avait duré mon voyage au paradis, Tolstoï n'avait pas cessé d'aboyer et c'est en s'exprimant de plus belle qu'il accueillit ma résurrection, debout, appuyée sur l'épaule de son maître.

— C'est bon, Tol, calme-toi. Elle va bien, la gosse…

Bon toutou, le petit chien se tut aussitôt.

Chapitre 12

En beaucoup plus de temps qu'il n'en faut pour le dire, nous atteignîmes les quais de Seine. Là, avec force précautions, Camille m'assit au bord de l'eau, les jambes dans le vide. Sans un mot, il me tendit un pain au chocolat que je dévorai avidement, puis un croissant que, curieusement, je dégustai miette à miette. Pendant que le fleuve passait sous mes pieds et que les petits morceaux de viennoiserie entraient un à un dans mon corps éreinté comme autant de petites caresses, l'Ange Blond entreprit de me raconter qui il était.

J'appris, entre autres, qu'il était fils d'une bonne famille, genre ancienne aristocratie française. Son père, la cinquantaine difficile, était un homme très dur, très froid, très grand. S'il avait été majestueux durant sa jeunesse, il était aujourd'hui arrogant, cynique et humainement perdu. Sa mère, quant à elle, était une dame proprette qui avait pour principale qualité d'être jolie, l'aspect intellectuel n'ayant manifestement tenu qu'un rôle secondaire dans sa petite vie de femme bien sous tout rapport, au foyer et rangée. Ses enfants, elle les avait élevés à coups de billets distribués aux nurses et autres filles au pair, pour la plus grande joie, peut-être, de son époux. Dépressive, elle s'enfermait des journées entières dans sa chambre, prétextant à qui s'en souciait d'affreuses crises de migraine, alibi autrement plus glamour et féminin qu'une fâcheuse rage de dents. Si son père était humainement mort, sa mère, elle, n'avait jamais vécu : mariée très jeune à un « bon parti », elle avait dépensé toute son énergie à conserver sinon de l'affection, du moins de l'acceptation envers son mari et sa situation. Ainsi, elle avait passé sa vie sans recevoir d'autre amour que celui inspiré par son joli derrière et s'était, par voie de conséquence, montrée bien incapable d'en donner à ses propres enfants. Ces derniers n'avaient été pour elle que des passages obligés, des événements dont on s'accommode. Non qu'elle les détestât – elle n'éprouvait rien à leur égard, voilà tout. Les événements, justement, étaient au nombre de trois : trois enfants, donc, dans la famille, dont Camille était le benjamin. L'aînée, très belle au demeurant, avait alors vingt-six ans et était déjà l'épouse d'un homme carriériste. Elle suivait les traces de sa chère mère. C'est fou comme ces choses-là se refilent souvent de génération en génération. L'autre, vingt-trois ans, était énarque. Moi, inculte dans bien des domaines, je ne compris pas bien ce dont il s'agissait et crus, dans mon honnête ignorance, qu'il était question d'un titre de noblesse. Quant à Camille, il m'apprit qu'il avait vingt ans depuis deux jours, qu'il était homosexuel, que son père ne l'avait pas supporté, que sa mère ne l'avait pas défendu, qu'il avait dû partir de chez lui – mais que cela lui était bien égal, tant il était plus heureux libre que coincé entre un père acide et une mère invisible –, qu'être pédé c'était sans doute sa façon à lui de rompre le cercle familial et, comme il disait, de casser la « malédiction de l'imbécillité congénitale ».

La tête au cœur, le ventre plein, les mains luisantes et les pieds en l'air, je me remettais tranquillement en écoutant le récit de l'Ange. Non, c'est faux, je ne l'écoutais pas, je buvais chacune de ses paroles, m'imprégnais de chacun de ses gestes et m'agrippais à chacun de ses sentiments. Devant moi défilaient sa débile de mère, son horrible père, sa vilaine sœur et son frère couronné. Comme Camille, je les envoyais rôtir en enfer pour les siècles des siècles. Pourtant, à l'inverse, moi, je les aimais aussi, je les adorais, je les idolâtrais même d'avoir pu créer un être aussi sublime que celui qui se trouvait à mes côtés. Mais ça, je le gardai pour moi.

Il s'était livré à moi, je me livrai à lui. Ma confiance était absolue et je lui racontai tout. Je lui racontai tout ce que je savais, ce que ma Moni avait bien voulu lâcher : mon père, mort de sa mort lâche, ma mère, fragile et folle, puis Poupoune, la pendule, mes années dans le noir, le miroir, la voix fantomatique d'Edith Piaf, la vieille Bonneuil et nos luttes « intestines », ma « victoire » et, moi aussi, ma liberté. Pas une seule fois, il ne m'interrompit. Le regard sur la Seine, le sang de Paris, il m'écoutait, hochait la tête de temps à autre, passait la main sur la tête de Tolstoï allongé près de lui ou restait ainsi, immobile, les yeux dans l'eau ou dans le vague. Tandis que moi, pendant toute la durée de mon récit, mal à l'aise, je m'arrachais des cheveux machinalement, me mordais les lèvres entre chaque phrase, enfonçais mes ongles dans mes phalanges et faisais tant et si bien que, mon histoire terminée, je m'aperçus avec étonnement que j'avais les mains en sang.

Voilà, il savait tout désormais, et le silence qui suivit la fin de mon exposé me parut durer un temps impossible. Je n'avais aucune idée de la façon dont je devais l'interpréter et ma chère boule se refit une place au soleil, au beau milieu de mon estomac. Soudain, Camille avala une bouffée d'air, posa son regard sur mes mains, puis sur mon visage, et mit sa paume, doucement, sur mon épaule.

—Anna, tu n'étais pas obligée de me raconter tout ça. J'ai du mal à croire tout ce que tu me racontes, mais, quand je te regarde, je me dis qu'il y a quelque chose chez toi qui n'est pas commun. Au fait, à propos de la dame chez qui tu étais...

—Oui?

—Tu es bien certaine que personne ne peut savoir que c'est toi qui...?

—En fait, depuis le départ, tout le monde s'en fout. Personne ne sait qui je suis, je n'ai aucune existence légale. C'est comme si on m'avait laissée pourrir dans mon coin. On ne me connaissait pas, là-bas. On ne m'a quasiment jamais vue. Seulement, si tu as peur, je comprendrai.

Bien entendu, j'aurais compris, mais je le suppliais dans mon for intérieur de ne pas, de ne surtout pas me répondre par l'affirmative. Il ne me répondit pas. Au lieu de cela, il dessina les contours de la tache de mon visage en effleurant ma peau, s'attarda un peu sur ma joue et, enfin, me prit les mains. Sentant le sang gluant sur sa paume, il sourit:

—Je suis content que tu sois là. Je crois que ce n'est pas anodin. On est bizarres, toi et moi, on n'a rien en commun avec ceux qui nous entourent. Toi, tu es une gamine cassée et ça se voit sur ton visage. Mais ne te méprends pas : ton visage, enfin, cette tache, là, ne te rend pas laide. Au contraire, elle raconte ton histoire, Anna, à qui veut bien prendre le temps de l'entendre. Ce que tu as fait, finalement, moi je m'en fous. Tu avais tes raisons, tu me les as données et ça tient la route. Je n'ai pas envie de te juger ou de te faire la morale. Des conneries, on en fait tous. Bon, ça, c'est une sacrée connerie, c'est vrai. Mais l'important, c'est que tu deviennes quelqu'un et que tu ne baisses jamais les yeux devant ce que tu es. Tu n'as pas à t'excuser d'être comme tu es, et tous ceux qui te le demanderont ne vaudront pas le coup que tu t'y attardes. Anna, moi je veux te dire que je te trouve magnifique. Cette tache, elle te donne du chien.

Je détournai les yeux, car le bonheur qui m'envahissait me faisait un peu honte. Je me sentais vulnérable, vraiment vulnérable. Et puis, je n'étais pas une habituée du bonheur. Alors, quand ça vous arrive, forcément, ça vous prend à la gueule. Et puis, ce garçon était tellement beau, il rayonnait de tout son être. Les papillons au ventre, les larmes aux yeux, l'envie d'embrasser le ciel tout entier, de sourire bêtement pour l'éternité, la plénitude de l'esprit et l'amour de la vie – tous ces symptômes, à cet instant précis, je les connus. Je ne savais plus qui j'étais ni ce que je faisais là ; seul comptait le fait que lui soit là, près de moi. Pour faire court, mon palpitant était au bord de l'apoplexie et je ne dus la fin de ce bienheureux calvaire qu'au petit Tolstoï qui, las sans doute d'être seul, vint se coincer entre Camille et moi, côté tête pour l'Ange, côté queue pour l'Affreuse Rouquine.

Chapitre 13

Les cinq années qui suivirent furent les plus belles de mon existence. Camille et moi ne nous quittions quasiment jamais, hormis pour ce que nous appelions entre nous les « travaux d'intérêt général », qui nous permettaient de vivre comme nous l'entendions sans manquer du principal. Parmi eux, il y avait la vente sur la place publique des textes et des poèmes que rédigeait, avec talent, mon Ange Blond. Il s'occupait de la création, et moi du marketing. Il était, à mes yeux, un magicien des mots et je pouvais travailler pendant des heures à sa reconnaissance, tant il m'importait qu'il fût fier de lui comme je l'étais moi-même. Mais, bien souvent, l'accueil du public n'était pas à la hauteur de nos espérances. Les soirs où je rentrais avec une recette maigrichonne et des piles de textes photocopiés, ce n'était pas folichon. Lui, en colère contre ses mots, contre ses textes et contre lui-même, était prêt à mourir de désespoir le lendemain, persuadé d'être un fardeau inutile pour une société débile qui ne savait pas lire.

— Regarde-les, disait-il, tous ces abrutis qui ont de la merde dans les yeux, obèses de trop bouffer de la télé-réalité. Je me suis gouré d'époque, voilà tout. À quoi ça sert de se démener à faire de jolis mots, à inventer des opéras de prose ou de vers ?! Ils n'en veulent pas, de mes formules magiques, ils n'en veulent pas. Allez, va, c'est pas leur faute, je leur pardonne.

Quant à moi, mauvaise petite gamine moins prompte à accorder mon pardon, j'insultais à la cantonade et donnais des noms d'oiseaux à tous mes contemporains, trop stupides pour y voir clair. Camille était un artiste, cela ne faisait aucun doute ni pour moi, ni pour lui. Il fallait être frappé de cécité intellectuelle pour ne pas s'en rendre compte ! Voilà, si mon homme faisait du beau avec ses mots, moi je faisais du laid avec les miens. C'était aussi simple que cela.

Outre l'écriture dans laquelle il excellait, Camille avait d'autres talents, notamment celui de dessiner. Il travaillait tantôt au fusain, tantôt au crayon noir. Le jour, il partait sur la butte Montmartre, où il vendait son trait aux touristes ou aux promeneurs. La nuit, c'était mon portrait qu'il faisait. Il disait, et ce n'était pas pour me déplaire, que j'étais une sorte de muse et que la tache de mon visage donnait à ses dessins un côté plus tragique et, par là, plus conforme à l'idée qu'il se faisait de l'art. Semaine après semaine, il couchait inlassablement sur le papier mon visage, mon corps, mes attitudes, seule, accompagnée de Tolstoï ou de quelque personnage inventé. Perfectionniste, il retravaillait ses traits encore et toujours, n'était jamais satisfait de lui, mais il atteignait parfois ce moment béni où il était certain d'avoir attrapé la bonne lumière ou suffisamment étoffé l'arête de mon nez. S'ensuivait alors une véritable euphorie, une sorte d'ivresse qui le poussait, et moi avec, à sortir voir Paris et ses lumières, et à nous prendre pour les rois mystiques de la ville magique. Là, des heures durant, nous riions, nous buvions, nous dansions, nous devisions. Nous étions capables de refaire le monde et de balancer, dans une même phrase, des horreurs à la populace et des mots d'amour à la gloire de l'Homme. Bref, nous étions jeunes. L'un à la suite de l'autre, les dessins de Camille figuraient la fresque de notre histoire. Chaque feuille racontait un bout de ce que j'étais alors. Lorsque j'y repense aujourd'hui, je me vois grandir et je revois Camille, le beau, le merveilleux Camille, l'Ange Blond, tel qu'il était lorsqu'il me regardait, m'explorait, m'appréhendait, m'apprivoisait. Encore maintenant, malgré tout, rien n'a changé et son souvenir me transporte de la même façon que sa personne tout entière le faisait à cette époque-là.

Nos maigres revenus artistiques ne suffisant pas à assurer notre survie matérielle, il fallut vite imaginer d'autres moyens de subsistance. De la vente des mots, de la vente des gestes, nous passâmes rapidement à la vente des corps. Non pas que nous ayons adoré cela, mais, pour mon Homme, la prostitution de la chair valait mieux que la prostitution de l'âme. Aussi étais-je d'accord avec lui. Donc, je participais activement à la non-prostitution de son âme. J'insiste : il était ma priorité et j'aurais pu lui apporter les cheveux de Marie de Médicis ou les anneaux de Saturne s'il me les avait demandés. Fort heureusement, il ne m'était pas difficile de lui faire plaisir sur ce coup-là, et je dois dire que notre petite entreprise marchait plutôt pas mal, car nous avions l'avantage de démarcher sur plusieurs terrains à la fois : Camille s'occupait indifféremment des hommes et des femmes, et moi, je m'occupais de tous ceux qui avaient un penchant pour l'originalité. Quant à Tolstoï, après mûre réflexion, nous décidâmes d'un commun accord que le pauvre bougre n'avait rien demandé et que, dans la mesure où son consentement n'était pas parfaitement vérifiable, nous ne pouvions lui imposer pareil traitement.

D'aucuns imagineront ces années de vaches maigres comme des années sombres au cours desquelles un pseudo-pathos nous aurait donné des envies de suicide. Moi, ce n'est pas comme cela que je les ai vécues. Je me sentais libre, missionnée, au service d'un idéal – et, plus précieux encore, j'étais avec lui. Il ne me fut pas facile de me donner au tout-venant, mais les mauvaises sensations disparaissaient vite derrière les raisons pour lesquelles je m'allongeais sur, sous ou à côté de ces bonhommes. Sans mauvais jeu de mots, j'en ai vu des vertes et des pas mûres. J'ai parfois été un peu violentée, c'est vrai. Mais bon, rien de bien méchant, ça ne durait jamais longtemps, ce n'était pas tous les soirs et c'était pour la bonne cause. Et puis, ce corps n'était pas le mien, il appartenait à ma mère, il était dégueulasse, il était normal que mon esprit travaillât à le rendre potable. En d'autres termes, je m'en foutais et Camille était content. De là à ce que j'y trouve également mon compte, il n'y avait qu'un tout petit pas que je franchissais chaque fois qu'on me le demandait.

Camille et moi n'étions, est-il besoin de le préciser, pas des amants. Enfin, pas vraiment. Bien sûr, il y eut des moments où l'entêtement des esprits embrasa les corps. Bien sûr, il y eut des instants où nous passâmes avec délices sur le fait qu'il aimait les hommes et que, de toute évidence, je n'en étais pas un. Bien sûr, il y eut des soirs où la curiosité conduisit au désir et *vice versa*. À mon grand dam, ces minutes de félicité furent toujours brèves, car Camille, pris de regrets chaque fois, mettait fin à mon rêve éveillé. Il était pédé, il s'en souvenait tout juste, il ne m'aimait pas comme ça, enfin si, justement, il m'aimait trop, il me respectait trop pour la bagatelle, il ne voulait rien gâcher, il était désolé, il ne savait pas ce qui lui prenait, je ne devais pas lui en tenir rigueur, je ne devais pas être triste et je devais comprendre que c'était lui qui, au fond, souffrait le plus. Me redressant à ses côtés, je baissais la tête, comme d'habitude, le cœur en épave, l'âme en lambeaux. Et lui, comme d'habitude, il finissait par me prendre dans ses bras et, inlassablement, par me poser sur le front le baiser du pardon, comme si, finalement, c'était un peu ma faute et qu'il ne m'en voulait pas.

Les choses étaient invariables. Je l'aimais plus que tout. À son contact, si simple et fraternel qu'il fût, j'étais tremblante, mes lèvres ne vibraient que pour se coller aux siennes. Ce désir me faisait honte car, si paradoxal que cela puisse paraître, je voyais bien plus de vices dans l'amour que n'importe où ailleurs. En dépit de ce que Camille me donnait à voir, je me persuadais qu'il m'aimait aussi fort que je l'aimais, mais que, tout simplement, il refusait de l'accepter. J'en étais certaine, il ne pouvait pas ne pas m'aimer, nous étions destinés l'un à l'autre et cette révélation n'était qu'une question de temps, ne lui en déplaise. Son homosexualité ne résisterait pas à mon étreinte passionnée. Je ne vivais que pour ce jour ultime où nos deux corps ne feraient plus qu'un et où ma victoire, c'est comme cela que je le percevais, éclaterait au grand jour. Lui et moi en parlions fréquemment, un peu comme on brasse de l'air. Je ne sais plus, d'ailleurs, qui de nous deux remettait cela sur le tapis : lui, pour se sentir aimé, désiré ; moi, pour me faire mal, puisqu'en parler c'était nourrir mes sentiments.

Je vivais alors dans une exaltation constante, passant du rire aux larmes et de la crise de sanglots à la joie exubérante. Ce bonheur, que Camille me donnait sans même le vouloir, il était capable de le reprendre en un clignement de cils. Un mot de lui et je m'envolais au septième ciel. Un autre et je m'enfonçais dans le bitume. Était-il seulement conscient du pouvoir qu'il exerçait sur moi ? J'étais à lui et je ne vivais que pour lui. J'adorais cela, montées et descentes, mes oiseaux dans le ventre et mes spasmes de sanglots. En un mot, j'avais mal aux tripes, mais je n'aurais cédé ma place pour rien au monde.

Chapitre 14

Nous habitions ensemble dans une chambre de bonne que nous louait un cinquantenaire bedonnant, antiquaire et voleur à ses heures, apparemment peu regardant sur les conditions de revenus tant que le loyer, exorbitant pour ces douze mètres carrés, tombait à échéance fixe tous les mois. Cette chambre n'avait rien d'exceptionnel, si ce n'était la vue imprenable qu'elle offrait sur la grande horloge de la gare de Lyon qui, mieux qu'à quiconque, me parlait. À travers elle, c'était l'ancienne pendule du petit deux-pièces que je revoyais, et le réconfort qu'elle m'avait apporté pendant toutes ces années. Jour après jour, je confiais mes secrets à cette grande sœur. Entre mon homme et ma famille d'aiguilles, j'avais trouvé un certain équilibre. Cela aurait dû durer toute la vie. Cela, évidemment, ne dura qu'un temps.

Par une belle fin d'après-midi, mon Ange Blond entra dans notre pièce commune. Ses cheveux, illuminés par la grâce du soleil couchant, donnaient à toute sa personne un éclat inédit, un peu comme si l'on avait braqué un projecteur sur un chanteur au milieu d'une scène sombre et vide. Tenant dans ses bras son vieux carton à dessins, il affichait le sourire des bonnes journées et de l'optimisme. Le Chien Bleu, qui, pour être toujours bleu, était déjà grand et presque vieux, se leva pour accueillir son maître comme il le faisait à chacune de ses apparitions. Une fois la tête correctement tapotée, il s'étira, bâilla et repartit le cœur ragaillardi sur son tapis gris. Conformément à nos rituels quotidiens, mon homme m'embrassa tendrement au coin droit de la lèvre supérieure et s'assit sur le matelas qui faisait office de canapé durant la journée. De sa poche, il sortit deux canettes de bière, en ouvrit une, me la tendit, puis dégaina la sienne. Il but une première gorgée, longue et sonore. Je fis de même.

— Comment s'est passée ta journée, Anna ?

— Pas trop mal. On a vendu un peu, aujourd'hui. J'ai eu un client sympa. Et toi ?

— Pareil, pas mal. J'ai fait huit portraits cet après-midi. J'ai eu l'impression que les gens étaient un peu moins laids qu'hier. Et puis il fait beau, c'est pas désagréable.

— C'est bien. On fait quoi, ce soir ?

— Ah, ben, justement, je voulais te dire… Il y a un mec, un musicien. Je l'ai rencontré près du métro. Il a voulu que je fasse son portrait et, comme il était pas mal, je lui ai fait gratis. L'ennui, c'est que je n'ai pas eu le temps de le finir, son portrait. Alors je lui ai proposé de passer à la maison ce soir. J'espère que ça ne te dérange pas.

— Pas de problème.

Pourtant si, il y en avait un, et il était énorme : jamais personne n'était venu chez nous. Cet appartement, minuscule, ridicule, tenait plus de la cachette que de l'habitation. Nous étions là comme à l'abri du monde. Or, un inconnu allait s'introduire à l'intérieur, ouvrir la porte et, par là, laisser entrer tous les courants d'air du dehors, les vies, les peurs, les craintes et les cris. L'équilibre de l'univers que nous nous étions créé m'apparut alors dans toute sa fragilité : un coup de vent, un loquet mal fermé, et tout ce qui faisait que nous étions « nous » pouvait partir en sucette.

— T'es sûre ?

Il insistait, comme s'il le faisait exprès, pour creuser ma plaie.

— Ben oui, pourquoi il y aurait un problème ?

J'enrageais déjà contre celui qui s'apprêtait à souiller de sa présence mon pays du bonheur, si chèrement acquis.

Je décidai d'aller faire un tour en attendant l'heure fatidique, histoire de me calmer les nerfs.

Angoissée, ne sachant que faire de mes dix doigts et ne voulant surtout pas que Camille comprît ce qui était en train de se jouer en moi, je prétextai un besoin urgent d'aller chercher des clopes. Sauf que je ne fumais pas vraiment. Bon, passons. Tant que j'étais à l'intérieur, j'avais l'impression de suffoquer et je crus plusieurs fois que j'allais m'évanouir. Une fois à l'air libre, je respirai mieux et allai m'asseoir dans un petit square près de la gare. De là, je pouvais aisément voir la grande horloge. Sa vision, plus claire et plus massive qu'à la maison, me fit le plus grand bien. Et puis, j'étais seule et pouvais donc à loisir lui raconter ma vie. Les personnes qui passaient devant moi, affairées souvent, une valise à la main pour la plupart, ne pouvaient s'empêcher de tourner le regard vers cette drôle de jeune femme rousse à la tache violine qui murmurait sur son petit banc. Mais, parce que l'on me croyait folle et que l'on pensait sans doute la folie contagieuse, leurs yeux se détournaient dès qu'ils rencontraient les miens. Le trouble de ces petits êtres en partance était palpable ; mon malaise, finalement, n'avait que peu de place sur cette terre.

Le square dans lequel j'avais décidé de m'épancher était un square des plus banals : trois bancs verts entouraient de maigres jeux d'enfants, vides à cette heure. Un bac à sable cadenassé. Une pelouse proprette. Des tulipes jaunes et roses. Deux gros arbres offrant un peu d'ombre. Une poubelle. Une porte grinçante. Une grille basse. Un panneau de règlement. Une interdiction d'entrer pour les chiens, même tenus en laisse. La simplicité d'un calme encadré, quoi. Comme si l'on avait voulu donner aux pauvres Parisiens abrutis de travail et de stress un petit carré de vie pour y mettre leurs vieux et leurs gosses, un mince havre de paix contraint et clôturé.

En ce début de soirée, tout était parfait : une douce chaleur assortie d'une légère brise avait eu raison de mon état fébrile. Les confessions que j'avais faites à mon horloge m'avaient rendu ma tête, à peu près. La contemplation des citadins m'avait donné un peu d'espoir : ma vie n'était pas si moche que ça. En d'autres termes, j'allais mieux et, la nuit tombant, je jugeai qu'il était grand temps de rentrer affronter ce pour quoi, dans ma furie passionnelle, je m'étais fait tout un cinéma. Les choses, j'en étais maintenant certaine, ne pouvaient pas être si terribles. C'est donc toute revigorée, front haut et poitrine bombée, que j'introduisis la clé dans la serrure.

La nuit était parfaitement noire ; la petite pièce où nous vivions, plongée dans l'obscurité. Mon Ange Blond avait placé de-ci, de-là de petites bougies que je n'avais jamais remarquées, et qui éclairaient notre abri d'une lumière rouge tamisée en faisant danser les ombres. La fumée, qui avait quelque peu envahi l'appartement, donnait à l'endroit un aspect mystique, onirique. J'avançai dans cette ambiance envoûtante à tâtons, à la recherche de mon homme ou du Chien Bleu. Attirée, tentée, comme poussée par une main invisible, je ne reconnaissais plus rien du lieu qui avait vu les belles heures de mon existence. Dans ce bal orangé, les chaises, les coussins, le matelas, la table, tout m'était inconnu. Tolstoï, que je finis par distinguer au beau milieu de tout ce cirque, était Cerbère ; mon Ange Blond, joint au bec et tout sourire, ressemblait à Lucifer. De là à dire que je m'étais gourée d'adresse, il n'y avait qu'un pas : j'avais quitté le paradis et me retrouvais perdue en enfer.

Une silhouette, que je ne remarquai pas tout de suite, était avachie sur notre lit. Imposante, épaisse, elle se tenait là, sûre d'elle et en terrain conquis. Mes yeux, habitués à la fumée, distinguèrent un visage sombre, masculin, puant la virilité à des kilomètres. Ou le soufre. Ou le roussi. Allez savoir. En tout cas, pas la guimauve. Soudain, la silhouette pivota vers moi et, d'un hochement de tête, l'inconnu signifia à Camille que j'étais là. Ce dernier me lança un « Coucou » ridicule et, tapotant du plat de sa main le coin de matelas qui se trouvait près de lui, m'invita à prendre place à ses côtés.

— Tiens, t'es déjà là ?

— Ben oui, comme tu vois.

Pauvre con, il ne s'était pas rendu compte que j'étais partie chercher un minable paquet de cigarettes depuis plus de deux heures. Je bouillais.

— Alors voilà, je voulais te présenter Max.

— Salut.

— Salut.

Les présentations étaient faites ; la conversation entre les deux hommes pouvait reprendre. Elle reprit donc, le plus naturellement du monde. Quant à moi, je profitai de leur visible indifférence pour tenter de percer, visuellement au moins, le mystère du nouveau venu. Il était extrêmement séduisant : les cheveux foncés, la peau brune, des épaules larges, des bras lourds, des mains prometteuses et un charisme impressionnant, Max damait largement le pion à Éros. Sans jamais prononcer un mot, entendant tout mais n'écoutant rien, je passai d'abord de l'un à l'autre pour, assez rapidement, me concentrer sur l'irrésistible Max. Camille, lui, crevait littéralement de désir devant ce bellâtre ténébreux. Très à l'aise, le corps en arrière, l'autre semblait s'écouter parler, outrageusement fier de l'effet qu'il produisait sur l'Ange Blond et l'Affreuse Petite Rouquine. Car, oui, je dois bien avouer que si j'étais méfiante, je n'étais pas non plus complètement indifférente au charme de cet inconnu. Sans doute une sale histoire de phéromones, rien de plus.

Tard dans la nuit retentit la sonnerie du portable de Max, *Sexual Healing* de Marvin Gaye. Le Beau Brun décrocha et leva le camp quelques onomatopées plus tard, nous laissant, Camille et moi, comme deux ronds de flan. Les bougies s'étaient épuisées, l'odeur de la fumée et du tabac froid avait tout imprégné. L'aube pointait le bout de son nez à travers l'étroite fenêtre de la chambre. Là, dans la lumière blafarde du petit matin, l'Ange Blond et l'Affreuse Petite Rouquine se dévisagèrent sans mot dire et se virent sous un jour nouveau, comprenant l'un comme l'autre que le piédestal sur lequel chacun était juché depuis tant d'années s'était écroulé. Fut-ce à ce moment précis qu'elle prit conscience que le teint de porcelaine de l'homo n'était rien d'autre que de la pâleur ? Fut-ce à ce moment-là qu'il se rendit compte que la tache violine de la prostituée avait grossi ?

Nous dormîmes un peu. Mais mal, cela va sans dire. Cette fois, nous qui avions dormi ensemble pendant si longtemps, nous nous étendîmes seulement l'un à côté de l'autre. Pas un mot, pas un geste, presque pas un souffle, chacun tentait d'occuper le moins d'espace possible et de se faire oublier. C'était, en quelque sorte, à celui qui rentrerait le premier et le mieux en lui-même. Pour l'un comme pour l'autre, il s'agissait avant tout de comprendre cette fin du monde et, surtout, de penser à Lui. Nous sentions que la bataille allait être âpre. Tel un garnement qui redoute le divorce de ses parents, le Chien Bleu vint s'allonger entre nous. Quel piètre surveillant fit-il cependant, car il fut bien le seul de nous trois à ronfler, d'un ronflement sonore et authentique, calme et paisible, qui aurait fait plaisir à entendre en des circonstances plus favorables. Mais, en cet instant, ce bruit lourd était insolent, inadéquat, posé sur nos cœurs oppressés et malades comme un cheveu de moribond sur la soupe. Pour autant, ni Camille ni moi n'eûmes la force ou la volonté de le faire déguerpir et Tolstoï resta ainsi, pendant les heures que dura notre impossible sommeil, coincé entre l'Ange Déchu et la Rouquine Effondrée.

Chapitre 15

Camille se leva le premier. Presque aussitôt, il sortit, me laissant seule, toute à mes souvenirs. La chaleur accablante de l'appartement m'avait ramollie, pauvre mannequin de chiffon dégingandé sur un lit en pagaille. De nature fainéante, j'adorais ces moments où mon corps n'avait rien d'autre à faire que de se laisser flotter vers un demi-sommeil ; je pouvais ainsi à loisir laisser vagabonder mes idées, rêver à d'autres cieux, d'autres vies, d'autres choix. Ces temps où je ne m'occupais de rien étaient pour moi de véritables instants volés à tous ceux qui m'avaient enfermée dans un rôle. Jusqu'à cette nuit, ma vie, somme toute, me convenait à merveille. Mais ce n'était plus le cas. Max avait laissé un goût amer à ma paresse et les pensées qu'il m'inspirait me cassaient la tête. D'aucuns se demanderont de quel droit : du droit de celui qui domine, qui est plus grand, plus fort, et qui détruit tout sur son passage – les murs, les fleurs et les vies. Du droit de celui qu'on laisse agir impunément parce que c'est plus facile de ne pas lutter. Du droit, enfin, de celui qui est arrivé au bon endroit, au bon moment, au milieu des bonnes personnes. L'heure avait dû sonner pour Camille et moi, et moi, pauvre cruche, je n'avais rien vu venir. Pis, la guerre qui s'annonçait m'émoustillait. Enfin, je crois.

La faim et la soif eurent finalement raison de mon engourdissement et je dus me résoudre à me lever, à reprendre prise sur la réalité, et à me convaincre que la vie continuait. J'ouvris le frigo et en sortis une bouteille de lait. Du petit placard de la kitchenette, je pris un paquet de chips. De retour sur le matelas, je portai le goulot à ma bouche. La fraîcheur du lait me donna la chair de poule tandis que son goût me souleva l'estomac. Pouah, il devait être périmé depuis au moins cent ans ! Les chips non plus n'étaient pas terribles. Contrainte de m'habiller afin d'aller chercher de quoi me ravitailler, je m'approchai du carton dans lequel s'entassaient quelques vêtements informes, fripes de récupération dont je m'accommodais fort bien. En chemin, mon regard croisa un petit miroir posé nonchalamment sur le bord de la table. Il me força, prit mes yeux en traître, me plaqua contre lui, me retint en otage. Je ne pouvais pas m'échapper, acculée par ce stupide objet à un face à face indésirable avec moi-même.

Miroir, Miroir, dis-moi qui est la plus belle.
—Pas toi, Anna-Marie Caravelle, pas toi.
—Alors, Miroir, ô mon beau Miroir, dis-moi qui est la plus belle en ce royaume.
—Pas toi, ô mon Anna-Marie, non, pas toi. Regarde-les toutes, elles sont toutes bien plus belles que toi.
—Miroir, ô mon beau Miroir, dis-moi donc quelque chose de gentil…
—Ô mon Anna-Marie, je ne suis rien qu'un humble miroir qui ne peut dire que ce qu'il voit.

Le reflet que me renvoyait ce ridicule miroir m'intrigua avant de me projeter des années en arrière dans le couloir de ce petit deux-pièces sombre de mon enfance quand, pour la première fois, je m'étais rendu compte à quel point je ressemblais à l'internée. Ce souvenir remua quelque chose qu'il n'était, je ne le savais que trop, pas très bon de remuer.

Tout d'abord, comme de loin, je regardai ma tête, dans sa globalité : des cheveux gras et orange, des yeux cernés, un visage creusé et un teint de cadavre. Et puis, toujours la même tache lie-de-vin, de plus en plus large. Bref, un visage d'un autre monde, de junkie, de paumée, de fille perdue, mais en aucun cas un visage qui respirait le bonheur ni même la santé. J'avais dix-neuf ans et j'en paraissais trente.

Et puis, parce que parfois l'on a besoin de gratter les chairs pourries, je m'approchai un peu plus du reflet pour ne plus voir que mes yeux, ces yeux qui me rappelaient parfaitement l'endroit d'où je venais, ma mère, ma folle de mère, celle dont le fantôme s'était frayé un chemin dans le corps même de celle à qui elle avait donné naissance. Me possédait-elle ? Rien n'était moins sûr. Ce qui était certain, c'est que si moi et moi, à cet instant, nous nous affrontions les yeux dans les yeux, ma mère, elle, se riait de ma lutte insensée et dansait dans mes pupilles trop petites pour être honnêtes. Dans un pied de nez, elle se foutait de moi et de ce que je pensais avoir construit jusque-là. Sa voix spectrale résonnait dans mon crâne, me contraignant à écouter ce qu'elle avait à me raconter, m'accablant de son amour trop lourd, me rappelant que son ventre m'avait portée et qu'elle vivrait toujours en moi, en dépit de toute l'énergie que je déploierais à m'en défendre.

Tolstoï, d'ordinaire si peu concerné par ce qui se passait autour de lui, se mit à aboyer. Cela me tira de la torpeur dans laquelle j'avais glissé. J'avais dû crier. Je m'approchai pour le calmer, lui tapotai la tête, mais le chien beugla de plus en plus fort. Je lui parlai, il hurla à la mort. Il me labourait les oreilles. J'avais chaud. J'étouffais. J'étais sur le point d'exploser. Il fallait que je fasse quelque chose pour qu'il se taise.

— *Eh bien, vas-y, ma biquette, tu en meurs d'envie. Plante-le, l'air de rien. Il nous fait chier, ce clébard. Il ne devrait pas faire autant de bruit. Moi, je suis ta maman et je sais que tu ne supportes pas le bruit.*

La voix, soudain, n'était plus dans ma tête.

— *Allez, mon Anna-Marie, un peu de courage, voyons. Ta maman est là, elle veille sur toi. Regarde-le, il n'est pas heureux. Cela lui rendrait presque service.*

Pourquoi Tolstoï aboyait-il ? Mais pourquoi ?

— *Mon Anna, ma chérie. C'est lui ou toi, de toute façon. Camille l'aime plus que toi.*

Qu'il se taise, bon sang, qu'il se taise !

— *Bonjour, ma chérie. C'est moi, c'est Moni. Poupoune n'avait rien fait, elle. Tandis que lui, oh là là, lui, il t'en fait voir. Pas vrai, ma petite fille ?*

Mais qu'est-ce qu'ils me veulent tous ? Partez, je vous en supplie, partez ! Et toi, sale clébard de merde, ferme-la, tu entends, ferme-la !

— *C'est bien, mon Anna, c'est bien, mon enfant. Laisse venir. Là, voilà…*

Non, s'il vous plaît. Par pitié…

— *Encore un peu, mon cœur, tu y es presque…*

Tolstoï ne faisait plus aucun bruit. Tolstoï ne ferait plus jamais aucun bruit. C'était fini. Mes revenants étaient partis. Ils avaient tué le petit chien bleu. Je n'étais pas fière. J'avais même un peu honte. Non, c'est faux, je mens : j'étais fracassée de douleur. Qu'avaient-ils fait de lui ? Qu'avaient-ils fait de moi ? Pardon, mon chien, pardon, mon pauvre Tolstoï. J'étais effondrée et toutes les larmes que je versai, beaucoup pour lui, beaucoup pour moi, n'y firent rien.

Je ne sais pas combien de temps cela dura : cinq minutes, deux heures, quelle importance ? Camille n'était toujours pas rentré et je le soupçonnais d'être parti rejoindre Max, quelque part dans un parc, dans une ruelle ou à la terrasse d'un café. Un sentiment de jalousie intense m'envahit alors, le genre de sentiment contre lequel il faut agir si l'on ne veut pas qu'il nous dévore. Je pensai à la tête que Camille ferait lorsqu'il découvrirait mon forfait. Je pensai au mal qu'il me faisait et à celui qu'il éprouverait lorsqu'il tomberait sur son compagnon mort. Je m'étais bien vengée. Cela me fit d'abord sourire. Puis glousser. Puis rire. Et j'étais là, accroupie à côté du chien sanguinolent, à me marrer de toutes mes dents.

Machinalement, sans y prendre garde, je levai les yeux vers le méchant miroir : ma mère me regardait et, elle aussi, elle se bidonnait.

La femme meurt à petit feu depuis des heures d'une lente agonie qui l'afflige et aspire tout son être. Pourtant, chaque minute qui passe la rapproche un peu plus de la vie. Tandis que ce sac aimé et maudit trouvera le repos éternel au pied de sa dernière demeure, l'aube la verra renaître. Délestée de ce poids mort, elle sera alors assez légère pour s'envoler.

Chapitre 16

Dehors, le temps était magnifique. Le soleil inondait les intérieurs cossus, les fontaines publiques étaient prises d'assaut, les Parisiennes déambulaient en tissus légers, les enfants portaient des chapeaux que le bon goût cherche encore à comprendre, les pieds gonflés d'eau, de sueur et de chaleur s'offraient dans des chaussures tressées. Un peu soûle d'avoir trop ri et trop pleuré, je titubais, bringuebalant mes états d'âme sur le béton ardent.

Après avoir battu le pavé pendant quelques dizaines de minutes à la recherche de rien, j'arrivai à la Bastille, quartier que Camille et moi avions l'habitude de fréquenter, au temps du bonheur, des petits oiseaux et des éléphants roses. Je marchais tranquillement, arpentant avec délices une place que je connaissais parfaitement, le cœur presque à la noce à l'évocation des doux souvenirs. Le ramdam des voitures, le raffut des scooters, la malice des piétons qui tentaient de se frayer un chemin dans ce joyeux bazar me firent presque oublier les derniers événements. Quand tout à coup, sur le boulevard Richard-Lenoir, l'univers se figea, mes doigts se crispèrent et ma poitrine vola en éclats.

Là, devant, à quelques mètres de moi, étaient assis sur un banc public les deux hommes. Incertaine, éperdue, je décidai de me cacher derrière une camionnette en attendant de prendre mon courage à deux mains pour les affronter. Mon poste d'observation était parfait. De là où je me trouvais, je pouvais tout voir sans risquer de me faire prendre. Max, les jambes écartées, le bras gauche nonchalamment étendu sur le dossier du banc, le regard lointain, parlait. Camille, lui, posait sur Max des yeux de merlan frit, un sourire béat accroché aux lèvres, et tentait discrètement approche sur approche. Je ne saurais dire s'ils avaient l'air de bien s'entendre. Leur complicité, à ce moment précis, ne me sauta pas aux yeux. En tout cas, ils étaient ensemble, ils s'étaient appelés pour se retrouver comme je le redoutais – et cela, c'était intolérable. Et puis, l'Ange Déchu, dans ses tentatives désespérées de se voir accorder un peu d'attention, était ridicule. Cela, par contre, me remettait du baume au cœur.

Mise en confiance par l'échec de ses assauts, je sortis de ma cachette et allai me planter devant l'improbable couple.

— Tiens, salut, me dit Camille.

— Salut, répondis-je.

— Tu as l'air bizarre, remarqua Camille.

— Ah bon ?

Il faut dire que certaines choses étaient changées depuis le matin. Tout d'abord, j'avais occis le chien. Mais bon, cela, il l'ignorait encore. J'avais aussi raccourci un peu mes cheveux. Ça, par contre, c'était tout nouveau ; pas tout beau, mais tout nouveau.

— Tu te souviens de Max, mon ami ?

— Euh, oui. Salut.

J'aurais voulu m'enfoncer dans la terre pour me punir de ce « salut » pathétique.

— Salut.

Le sien était beaucoup plus réussi. C'était un « salut » magique, hollywoodien, un « salut » comme on en entend peu, un « salut » empli d'assurance, un « salut » sensuel, presque érotique. Bref, un « salut » à faire fondre un carré de chocolat dans une glacière. Or, n'étant ni en chocolat ni dans une glacière, je ne cherchai pas à cacher mes émotions. Aussi, je rougis autant que faire se peut, par-delà ma tache et mes cheveux orange. Cela le fit sourire, et son sourire m'alla droit au cœur.

Pourtant, quoique portée par les anges, je n'étais pas dupe et je devinai le regard assassin de Camille, jaugeant nos échanges et se méfiant, à son tour, du spectacle que sa Rouquine et le Beau Brun étaient en train de lui offrir. Nous lui échappions, faisant du même coup éclater et ses certitudes et sa petite sensibilité d'artiste qu'il aurait souhaitée maudite. Je jubilai. Un point partout.

Camille n'aimait pas souffrir. D'ailleurs, il ne souffrait jamais. Vraiment, je veux dire. Enfin, pas comme moi. Pas au même niveau. Je crois. En revanche, il aimait se persuader qu'il souffrait. Cela donnait de la consistance à son personnage d'auteur incompris, foulant aux pieds une société qu'il aurait aimé exécrer et balançant aux ordures tout ce qu'il était possible de jeter. Il aimait dire qu'il n'écrivait que sous influence éthylique ou autre, que la prise de substances lui donnait un accès exclusif à des mondes formidables. La vérité est qu'il picolait pour oublier qu'il était lui, qu'il se camait par ennui et qu'il avait une trouille pathologique de son père. Il n'y a pas à chercher plus loin. Quant à son acharnement maladif à vivre de son art, il était plus dû à une incompétence professionnelle certaine, assortie d'une paresse à toute épreuve, qu'à une volonté de faire éclater au grand jour un talent génial. Camille, mon Camille, mon Ange Blond n'était finalement rien d'autre qu'un pauvre type comme il en existe des milliers, trop occupé à s'écouter se plaindre pour être réellement malheureux. Et moi, j'avais fait la pute pour lui. Sotte que j'étais. Crétine.

Comment est-il possible de passer aussi rapidement de l'amour qui nous fait tout donner à la haine qui nous fait ne rien lâcher ? L'apparition de Max avait suffi pour arracher à deux êtres ce qu'ils avaient de plus précieux : eux-mêmes. Quelle misérable danse nous faisais-tu danser là, ô Grand Marionnettiste ? Camille et moi jouions déjà notre drame. Quel était ton projet ? Espérais-tu un spectacle aussi réussi ? Tu as été servi, et bien plus que ce que tu avais certainement espéré. Bravo, bien joué.

Camille se leva, s'excusa auprès de Max et m'attrapa violemment par le bras pour m'entraîner un peu plus loin.

— Merde, putain, qu'est-ce que tu fous là ? me lança-t-il.

Je décidai d'adopter un ton moins vif. Je n'étais pas en colère.

— Rien, rien du tout. Rien de plus que toi, en tout cas.

Il fulminait.

— Je ne comprends pas. Qu'est-ce que tu lui veux, à Max ? Pourquoi tu l'allumes comme ça ?

Mon calme me sidérait presque. Les mots s'enchaînaient, comme loin de moi.

— Je n'allume personne. Je ne te permets pas de me parler comme ça. Max, je ne lui veux rien. C'est comme ça, ça ne se commande pas. Tant pis si ça ne te plaît pas.

— Quoi, qu'est-ce que tu racontes ? Qu'est-ce qui ne se commande pas ? Tu te fous de moi, Anna ?! Tu ne vas pas me dire que t'as envie de te le faire ?

— Ben si, figure-toi, et pas que ça, en fait. Il me plaît, ton Max, il me plaît beaucoup. Et je sais qu'à toi aussi, il te plaît. On n'a pas de chance, on est raide dingues tous les deux du même mec.

Il eut un effroyable sourire en coin.

— De toute façon, tu n'as aucune chance, il n'aime pas les filles.

— On verra bien.

— T'es une salope.

Tiens, tiens, encore une fois. Sauf que, cette fois, je savais ce que cela voulait dire. Il n'avait pas le droit de dépasser cette borne-là.

— Et toi, t'es qu'une merde. Tu t'attendais à quoi, en l'amenant à la maison ? T'as tout foutu en l'air !

Il se calma.

— Alors c'est ça, ta vengeance ? Tomber amoureuse de la seule personne qui me fasse m'aimer un peu ?

Je pris une bouffée d'air.

— Non, c'est autre chose, ma vengeance.

Il y eut de la crainte dans ses yeux, j'en étais certaine.

— Quoi, Anna ? Bon sang, quoi ?

Le coup de grâce.

— Ton chien, il est mort.

J'étais plus forte que lui. Deux-un, balle au centre. Connard.

Chapitre 17

Comme un fou, il s'élança vers Max, lui déblatéra quelque chose que je ne compris pas et courut en direction de notre appartement. Des yeux, je suivis ce corps qui rapetissait à vive allure, finissant tout bonnement par disparaître, se confondant avec l'horizon.

Trottoir. Porte au digicode cassé. Hall d'entrée. Camille monte fébrilement l'escalier. Il sait que je n'ai pas menti. Il sait ce dont je suis capable. Il pense à toute vitesse sans parvenir à s'accrocher à la moindre idée. Il transpire. Il halète. Il rencontre le voisin, Xavier Barthan, employé de banque, qui le salue poliment. Lui ne le voit pas et le bouscule légèrement de l'épaule droite. Xavier Barthan manque de tomber dans le hall et confirme, par là même, la drôle d'impression qu'il avait déjà du timbré du dessus. Camille monte maintenant les escaliers quatre à quatre. Bon Dieu, qu'ils sont longs ces escaliers. Enfin la porte. Vite, la clé. Les mains trop moites, il ne réussit pas à la faire tourner dans la serrure. Il s'essuie sur le pan de sa veste. Il recommence. Ouf, c'est bon, ça y est. Tiens, une mouche. Pas bon signe, ça, la mouche. Là, Camille s'arrête. Il ne halète plus, non, il retient son souffle. Il se demande ce qu'il va découvrir. Il devrait se dépêcher d'avancer, pour savoir, pour savoir vite, pour être fixé, mais la trouille lui plombe les jambes, qui refusent de le porter. Le voilà qui tremble à mesure qu'il s'approche du bout du couloir. Il ferme les yeux. Allez, mon grand, allez, Camille, ouvre les yeux, regarde ce qu'elle a fait.

Il s'accroupit à côté de Tolstoï, pose tendrement la tête du Chien Bleu sur ses genoux et se met à pleurer. « Je vais te regretter, mon pauvre chien, qu'il dit en le caressant. Je vais te regretter, toi, le plus fidèle d'entre les fidèles. » Puis, tout en me maudissant, il entreprend de couvrir le corps de Tolstoï de ses chemises, qui ne sont, au demeurant, pas très nombreuses. Il passe le reste de la journée à nettoyer, de ses larmes, de ses injures à mon égard, le lieu du crime, et attend que la nuit soit profonde pour descendre le cadavre et lui offrir une sépulture qu'il juge digne. Longtemps, dans la nuit noire, solitaire, meurtri et essuyant les larmes qui roulent sur ses joues, il marche, portant le Chien Bleu enveloppé dans son linceul blanc au col mal repassé. Son fardeau, ce poids mort, rend sa progression difficile : il respire mal, pris entre la fatigue et les crampes. Plusieurs fois, il s'arrête. Il croit qu'il n'y arrivera jamais. Et puis, enfin, il la voit : la Seine, vivante, fuyante, brillante et accueillante. Parvenu au terme du voyage, il entrouvre la chemise, dépose un baiser sur la tête de Tolstoï, rassemble ce qu'il lui reste de forces et jette le chien dans le fleuve, sous les lumières jaunes des lampadaires. Plus rien n'a d'importance. Seule compte désormais la volonté qu'il a de me nuire le plus possible.

Chapitre 18

Pendant ce temps, Max et moi bavardions le plus simplement du monde : nous faisions connaissance. Avec force séduction, je lui racontai la plus belle partie de moi, n'omettant rien sauf le vilain, la Moni, la Poupoune et, plus récemment, le Chien Bleu, tandis que lui, avec son sourire, son charme et ses mains d'homme, écoutait avec ce qu'il me sembla être de l'intérêt, de la curiosité, plus ou moins bien placés d'ailleurs. Il me posait des questions, m'interrogeait sur mes motivations et voulait savoir le pourquoi du comment. Je m'aperçus que Camille n'avait pas dû être très loquace à mon sujet. Max ne connaissait visiblement pas grand-chose de mes « activités ». Comment aurait-il pu en être autrement ? Comment, en effet, Camille aurait-il pu avouer qu'il envoyait sa copine sur le trottoir pendant que lui se roulait dans ses états d'âme ? Évidemment, il n'avait aucun intérêt à passer pour un salaud. Je prenais donc un malin plaisir à rétablir les faits et je prêchais, en quelque sorte, pour ma paroisse.

De son côté, Max ne tarissait pas d'éloges sur lui-même et parlait beaucoup. Là, j'appris que son « ex » l'avait viré sous un prétexte débile alors que lui, bien sûr, n'avait rien à se reprocher. À la rue depuis trois jours, plein de ressources, il vivotait en attendant de trouver une situation pérenne. Quant à un emploi fixe, il y avait pensé, mais ce n'était décidément pas pour lui. Non, il attendait tout, l'amour, la chance, la vie, et il était prêt à attendre longtemps. Cela étant, il ne se privait pas de quelques aventures et comptabilisait le nombre faramineux de ses conquêtes. Il était donc de ceux qui plaisent, qui aiment plaire, qui s'amusent de plaire et qui se jouent de ce qu'ils peuvent laisser derrière. Bref, il m'avoua vivre sa jeunesse sans se poser de questions et, surtout, sans aucune contrainte, prenant ce qu'il y avait à prendre.

Sur ce banc public verdâtre, si communément parisien, rayonnait le charisme du Beau Brun, plus fort encore que la veille. Chacun de ses gestes, chacune de ses paroles en imposaient, à moi et aux autres, comme en témoignaient les regards envieux que plusieurs passantes nous lancèrent cet après-midi-là. Je considérais comme un honneur qu'il fût assis près de moi, qu'il daignât me consacrer quelques-unes de ses heures précieuses et qu'il m'arrosât de ses œillades et de ses mots. Il y aurait également beaucoup à dire sur l'odeur qu'il dégageait, musquée, entêtante, clairement aphrodisiaque, élixir d'amour et promesse charnelle. Bref, chaque seconde passée me poussait un peu plus dans ses bras et m'éloignait de manière univoque de ceux, plus arides, plus intellectuels, de l'Ange Déchu. J'avais dix-neuf ans, je découvrais une autre façon d'aimer, passionnelle et pleine de jeunesse. J'avais dix-neuf ans et, à cet instant, rien d'autre que les désirs de mon âge. Bien loin de moi étaient alors les fureurs et les tremblements de Camille, moi qui avais déjà rangé dans un coin caverneux et reculé de ma tête et l'Ange et le Chien Bleu.

En sa compagnie, les heures passèrent à toute allure. Nous nous entendions à merveille. Mon originalité le titillait, son mystère et sa présence me subjuguaient. Il m'aimait bien, je pense. Pour ma part, mes sentiments allaient bien au-delà et, si j'abordais avec confiance cette nouvelle histoire, sûre à outrance que j'allais le faire tomber, une petite voix parvenait néanmoins à se faire entendre, m'intimant d'arrêter mon char, me mettant en garde contre le sentiment d'amour non partagé – l'amour unilatéral, comme disent ceux qui parlent bien. Moi qui l'avais tant et si bien expérimenté avec mon Ange, me voilà qui m'apprêtais à remettre le couvert contre toute attente, et de gaieté de cœur en plus. Que voulez-vous ? J'avais sans doute besoin de choisir les bâtons pour me faire battre.

Pour être honnête et complète, les sentiments que je nourrissais envers Max étaient bien plus ambigus qu'il n'y paraissait. N'oublions pas qu'il s'était introduit dans mon bonheur et qu'il m'avait pris Camille. Pour ça, je le haïssais et j'aurais pu le faire passer par la fenêtre, en un clin d'œil. J'y ai pensé, je ne le nie pas. Cependant, cette haine s'accompagnait d'un désir fulgurant. C'est dingue, mais c'est ainsi.

Camille aimait un garçon. J'aimais le même. Mais d'un amour haineux, un truc pas sain. Or, ce garçon pouvait aussi bien être homo qu'hétéro, tous les doutes étaient permis. Finalement, dit ainsi, cela paraît assez simple, un peu trop peut-être. Les mots, sur ce coup-là, ne me suffiront peut-être pas.

Lorsque nous arrivâmes à l'appartement, Camille n'était déjà plus là. J'avais beau faire abstraction de ce qui s'était produit plus tôt dans l'après-midi, je n'étais pas fière en actionnant la poignée de la porte. Et si, me disais-je, il était devant moi ? Qu'est-ce que je vais bien pouvoir lui dire ? Comment va-t-il réagir en me voyant, de surcroît accompagnée de Max ? Par chance, il n'y était pas. Je pouvais respirer un peu plus longtemps et laisser à la porte l'angoisse sourde qui commençait à poindre au fond de mon ventre.

La nuit se passa tranquillement. Max et moi nous étions assoupis côte à côte, indifférents aux bruits du dehors et aux lumières hypocrites de la ville. Je m'étais endormie en un clin d'œil après avoir joui. Max, qui n'était pas sujet aux insomnies, ne se fit pas prier non plus. Nos rêves étaient quasiment identiques : je rêvais de lui, il rêvait de lui, aussi. Preuve que nous étions faits pour nous rencontrer.

Très tôt le lendemain matin, aux aurores, Camille rentra. Hagard, échevelé, le corps transi, il était épuisé. On aurait dit un aliéné, un fou tout droit sorti d'un asile. Aux frissons qui me parcoururent soudain, je sus que son regard s'était posé sur nous : sur Max d'abord, sur moi ensuite, sur notre lit défait. Il nous regarda, certes, mais nous vit-il seulement ? Je n'y mettrais pas ma main à couper. Sans un mot, il se coucha entre Max et moi, prit la position du fœtus et s'endormit aussi sec.

Ma nuit était terminée. Ma respiration se cala mécaniquement entre celles des deux hommes. L'angoisse que Camille avait amenée avec lui me donna la fièvre ; mes fantômes, ma mère, Moni, Poupoune et maintenant le Chien Bleu, se faisaient une place au soleil. Je me tournai vers le mur, en silence, suppliant le sommeil de m'emporter de nouveau au pays des songes pour m'extraire de la mauvaise comédie dramatique à laquelle je participais bien malgré moi.

Quelques heures plus tard, le cadre de notre vie à trois était déjà installé. Sans qu'un mot ait été prononcé, il était évident que nous allions habiter ensemble, tous les trois, aucun de nous ne pouvant raisonnablement se passer de l'autre, à tous les niveaux. Notre consentement tacite stipulait, entre autres, que Max serait le roi, que Camille et moi nous tolérerions et que nous nous engagions à ne pas casser le fragile équilibre de notre petite société. Tout était affaire de mesure. Ce qui, pour nous, n'était pas une sinécure.

Chapitre 19

« Nous », « nous », « nous » : quelle étrange entité que ce « nous ». « Nous » à deux d'abord, « nous » à trois ensuite. Ce « nous » qui traverse le temps comme un éclopé, cahin-caha. Combien de doutes, de drames, de retrouvailles dans ce « nous » ? Combien de secrets, de non-dits ? Combien de négations de soi, de concessions ? Combien de mensonges, de basses vengeances et de petites victoires ?

Le spectacle de notre trio dura, en tout et pour tout, quatre ans, quatre ans au cours desquels Camille et moi déballâmes de véritables trésors de séduction afin de nous assurer les faveurs de Max. L'Ange Déchu et l'Affreuse Rouquine se provoquaient en un duel continuel et c'était à qui sortirait la plus lourde artillerie pour faire balancer le cœur du Beau Brun. Camille misa d'abord sur sa finesse d'esprit et sa culture artistique, qu'il avait grande. Il en vint ensuite à utiliser son trait de crayon et sa plume pour parler à Max de ce qu'il préférait : lui-même. Moi, dépourvue d'un quelconque talent, je m'appliquais au fard et à la toilette. Autrement dit, je passais le plus clair de mon temps à tenter de cerner son idéal féminin afin de m'y conformer. Que je le surprisse à se retourner dans la rue sur une femme portant une tenue verte et j'arborais, dès le lendemain, la même robe, ou presque ; que je l'attrapasse à regarder une créature maquillée à outrance dans un magazine et je m'efforçais aussitôt de recréer sur mon visage une atmosphère identique, quitte à me défigurer ; que je l'entendisse, enfin, me parler de telle ou telle actrice et je me procurais, dans l'heure, des photographies pour mieux la singer.

Camille n'était pas dupe de mon manège, tout comme je ne l'étais pas du sien. Si nous ne luttions pas avec les mêmes armes, il nous arriva de combattre sur le terrain de l'adversaire. Tandis que Camille paradait dans des tenues soignées, je noircissais des pages entières que je laissais à la vue de tous, et prenais l'air offusqué dès qu'elles étaient lues. Max s'amusait de nos tentatives de conquête désespérées sans bien en saisir, je crois, tout le tragique. À ses yeux, Camille et moi étions deux gosses qui se disputaient le même joujou. Ce qui lui échappait, c'était que Camille et moi nous détestions du plus profond de nos tripes à cause de lui : nous aurions pu nous entre-tuer, nous étions prêts à mourir pour que l'autre ne gagne pas. Car le véritable enjeu, avec le temps, s'était transformé : nous nous battions pour Max, oui, mais c'était avant tout l'un contre l'autre que nous livrions bataille. Et peu importait, en fin de compte, la cause de cette guerre.

Le Beau Brun, lui, prenait tout ce qui était à prendre. Je dirais même qu'il n'en laissa pas une miette, puisqu'il se révéla être bisexuel – ce qui, bien entendu, n'arrangea pas nos affaires. Loin de s'imaginer la détresse et la fureur de nos luttes quasi fratricides, il passait allégrement de l'un à l'autre. Certains jours, ses affinités le poussaient vers Camille. En silence, c'est évident. Je m'en rendais compte aux absences répétées des deux hommes. Je les suivais alors, de loin, et comprenais à leurs gestes, à leurs attitudes, que l'Ange Déchu avait gagné une bataille. Je n'étais pas en reste : Max venait aussi à moi comme on va boire à la fontaine. Il était mon amoureux, pour quelques heures au moins. Pas dupe, je savais Camille derrière nous comme je l'avais été à sa place. Chacun notre tour, nous prenions le rôle du cocu, bouffé de jalousie et condamné à vivre, à survivre plutôt, avec l'objet du désir de l'Autre. Le résultat de ce sinistre vaudeville n'était pas beau. Camille et moi nous détruisions à petit feu, à grands coups de sourdes vilenies. C'était à qui infligerait le plus de mal à l'autre tout en faisant bonne figure. Car souffrir à voix haute, c'était perdre Max à coup sûr. Ainsi, sans bruit, les anciens amis se livraient une guerre sans merci, dans laquelle ruses, manigances, calculs et mauvais mots d'esprit devaient avoir raison de l'un ou l'autre des protagonistes. Il fallait éliminer l'adversaire sans empêcher Max de voler librement.

Ce combat était épuisant. Sans cesse, nous inventions de nouvelles tortures. L'amertume grandissait en nous à mesure que la situation pourrissait. Cette lutte consommait nos ressources intérieures que nous renforcions, jour après jour, au moyen de drogues et d'alcools. Nos jeunes corps se décharnèrent, nos cheveux perdirent de leur éclat, nos dents se déchaussèrent et la misère du monde s'abattit sur nos frêles épaules. La dureté de nos âmes, mangées de rancœur et emplies d'une infinie mélancolie qui nous rendait aigris bien avant l'heure, éteignait notre regard ; toute notre physionomie exhalait le violent parfum du malheur. Bref, nous devenions laids. Max, lui, régnait sur cette cour des miracles. Épargné, ignorant les tourments de ses « esclaves », de ses « petits monstres », il devenait beau, très beau, encore plus beau. Et ce qui devait arriver arriva : il finit par nous abandonner pour une greluche fade au charme incertain et à l'intelligence précaire.

Est-il besoin de préciser que ma tache, à cette époque, grossit beaucoup, au point qu'elle envahissait plus de la moitié de mon visage et me donnait, ajoutée à la misère nouvelle de mon corps, un air de trépassée ? Sa taille variait en fonction de mes forfaits et elle s'élargissait lorsque le sang que j'avais sur les mains devenait trop lourd à porter. Sorte de conscience visible, elle montrait à la face du monde ce que j'avais de plus obscur.

Au bout de quatre années passées à vivre avec nous, la routine puis la lassitude rongèrent Max et notre morne quotidien. La disgrâce de nos physiques et notre méchanceté achevèrent de l'éloigner. Ses absences, de plus en plus nombreuses et de plus en plus longues, nous mirent la puce à l'oreille. Mais pas tout de suite. On ne voit que ce que l'on cherche à voir, et il nous fallut plus de trois mois pour que les interrogations percent dans nos têtes. Autant de mois de perdus, donc. Peut-être aurions-nous pu sauver quelque chose si notre aveuglement n'avait pas été tel. Peut-être aurions-nous pu le récupérer. Peut-être aurions-nous pu *nous* récupérer. C'était peut-être mieux comme ça, finalement. La situation était peut-être trop bouchée pour qu'on s'y débattît encore. Allez savoir, ce qui est fait est fait, de toute façon : pas de deuxième chance. Enfin, pas toujours.

Nous vivions l'histoire on ne peut plus banale de deux personnes qui s'aimaient et qui devaient maintenant faire face à l'épreuve du désamour. Sous l'impulsion d'une rencontre, l'une s'éloigne et oublie, dans des bras neufs, que l'existence exhale un parfum d'éternel retour et d'ennui. L'autre, qui ne choisit pas, qui subit tout, souffre et s'accroche désespérément à la branche qui l'abrite depuis tant d'années. Non, non, ne pars pas, dit-elle. Pense à nous, pense à moi. La nouveauté n'est rien qu'une chimère, un pauvre comprimé tout juste bon à te faire oublier l'habitude nécessaire d'une vie à deux. Lui ne plie pas, elle le supplie de rester, de réessayer, de tout tenter, de tout donner, ne voit pas que le bât qui blesse n'est pas celui qu'elle croit : c'est le temps qui a fait ça, et le temps ne se rattrape pas. Alors il s'en va, indifférent aux supplications, sûr de son bon droit, la laissant là, gisant sur le sol, à l'agonie, sans larmes et vidée de ce qu'elle était. Cette histoire-là est ordinaire à pleurer. C'est la nôtre, à peu de chose près : nous, nous étions trois.

La vraie vie n'était pas non plus sur la bonne pente. Entendez la vie matérielle, l'aspect économique – ce qui nous donne à bouffer, en somme. Je faisais bouillir la marmite depuis pratiquement toujours. Après avoir vendu mes services pour Camille, j'avais fini par le faire pour Max. Grâce à mes revenus, je payais tout et subvenais aux besoins de tous. Je ne peux pas dire que nous roulions sur l'or, ni que les clients faisaient la queue devant ma porte, mais ce que je tirais de mes activités suffisait à notre subsistance. Camille, lui, continuait à vendre ses dessins et ses textes sur la place publique et gagnait tout juste assez pour ses frais personnels. Quant à Max, ce qu'il ramassait en se produisant dans la rue, armé de sa guitare, nous n'en vîmes jamais la couleur. À sa décharge, nous ne lui demandions rien non plus, trop heureux d'avoir l'honneur immense de combler le moindre de ses désirs. Mais notre petite économie, quoique pas florissante, déclina en même temps que moi. Petit à petit, les clients se raréfièrent. Ceux qui restaient malgré mon apparence misérable étaient mus par la nécessité physiologique plus que par un véritable désir. Aussi, mes revenus en berne, l'arrangement à trois ne tenait plus à grand-chose, il faut bien l'avouer. Alors, avec tout ça, je me demande encore ce qui nous a empêchés d'en finir plus vite. La faim, les privations nous avaient changés en deux zombies, animés par la certitude que la vengeance est un plat qui se mange froid. C'est la vacherie, assurément, qui nous faisait tenir, et nos yeux, globuleux, s'envoyaient des insultes à la tronche à longueur de temps. Nos bouches, édentées et puant la malnutrition, se promettaient des horreurs. Nous jugions, l'un comme l'autre, l'adversaire coupable de notre chute. Je me disais que rien ne serait arrivé si Camille n'avait pas introduit Max chez nous ; Camille se persuadait que j'aurais dû m'effacer à son profit et que Tolstoï n'aurait pas dû payer pour ça. Bien entendu, j'avais raison et il avait tort. Ou le contraire.

Chapitre 20

La jeune fille, que nous découvrîmes en plein jour, place de l'Opéra, affichait sans complexe des rondeurs pulpeuses. Cachés derrière un kiosque à journaux, fatigués d'avoir suivi Max sans qu'il s'en aperçût, nous regardions, éberlués par tant de médiocrité, la danse des deux tourtereaux. Ceux-là se touchaient, s'embrassaient, riaient, se dévoraient des yeux et envoyaient valser le reste de la planète. Max la trouvait à son goût, c'était évident. Planqués comme des fugitifs, Camille et moi ravalions notre colère. Ensemble. Complices de souffrance, nous étions redevenus, presque sans nous en rendre compte, deux camarades qui marchent sur un même front pour une même cause : vaincre la rivale. Cette dernière n'avait rien d'exceptionnel, si ce n'est qu'elle possédait celui que nous n'avions jamais réussi à arracher à l'autre. Mais, à part ça, rien de bien extraordinaire : vingt-cinq ans maximum, blonde, plutôt mignonne, le visage rond, les joues pleines, la bouche remplie de dents, la poitrine en avant, une cambrure prononcée, habillée de blanc et de noir, elle sentait la jeune femme bien dans sa vie, bien dans sa peau, bien dans son époque. Une vraie publicité. Et Max était tombé dedans. Voilà tout.

Dégoûtés, nous étions dégoûtés. Je regardai l'Ange Déchu : il avait les larmes aux yeux, il avait tout perdu. L'Ange Déchu regarda l'Affreuse Rouquine et s'étonna de l'absence d'émotion sur son visage. En revanche, il remarqua que la tache avait foncé et que les yeux étaient plus verts qu'à l'accoutumée, brillant d'un étrange éclat qu'il ne leur avait jamais vu. Il eut un mauvais pressentiment. Son instinct de protection le poussa à mettre fin à la filature :

— Allez, viens, on s'en va. Ça sert à rien.

Moi, je voulais voir, ne rien louper. Il fallait absolument que je m'imprègne de ces images pour mieux les accepter, les digérer.

— Attends encore un peu. Je voudrais être sûre que c'est la bonne, cette fois.

Il s'énerva :

— Bien sûr que c'est la bonne. Tu vois pas les yeux qu'il lui fait ? Tu vois pas son petit air quand il est à la maison ? Tu vois pas qu'il passe sa vie au téléphone ? Qu'il fait des secrets ? Mais, enfin, qu'est-ce qu'il te faut ? Une demande en mariage en plein Paris ? Des étincelles qui tombent du ciel ? Réveille-toi, merde. C'est fini pour nous.

Il fondit en larmes et, sous l'impulsion des sanglots, ses joues redevinrent rouges, comme au bon vieux temps. Sa détresse, sa fragilité me rappelèrent qu'un jour, pas si ancien, j'aurais tout donné à ce garçon. La femme qui était en moi, incapable de résister, comme la plupart de ses congénères, à un homme en pleurs, tendit les bras pour le consoler. Ce n'était pas de l'amour. De la pitié, tout au plus. De la compassion, à la limite : Camille et moi étions dans la même galère et, en le laissant extérioriser sa peine, c'est la mienne que je m'autorisais à voir en face. Je dus bien pleurer un peu, moi aussi, parce que j'avais mal, parce que j'étais furieuse, parce que je haïssais le monde entier et ces cons d'oiseaux qui ne cessaient pas de chanter alors que tout s'écroulait devant moi une fois de plus.

Ce soir-là, nous décidâmes, pour changer, de noyer le poisson dans l'alcool. Jusqu'à plus soif, jusqu'au coma, jusqu'au suicide. En tout cas, c'est ce que nous aurions aimé : répondre à la déchéance par la déchéance, s'entêter pour ne plus rien sentir. Nous choisîmes avec soin le cadre de notre fin et élûmes domicile dans un endroit qui nous parlait à tous les deux : celui de notre rencontre. Nous marchâmes donc, comme on va en pèlerinage, jusqu'à atteindre ce point du souvenir, ce lieu qui, quelque neuf ans auparavant, nous avait vus naître, d'une certaine façon. Quelle ironie du sort : finir là où tout avait débuté… Par bonheur, ou pas, nos poches n'étaient pas complètement vides ce soir-là et nous pûmes, sur le chemin, acheter une quantité non négligeable d'alcool – assez, pensions-nous, pour nous envoler vers d'autres cieux et ne plus rien voir de cette vie qui ne nous souriait pas.

Après plusieurs heures de marche passées dans une étrange euphorie, des sacs pleins de ces boissons abrutissantes dans les mains, nous arrivâmes à destination. Rien n'avait changé : la façade contre laquelle était autrefois adossé l'Ange Blond était là, tout comme le réverbère qui m'avait permis de deviner les contours de ce visage tant aimé. Nous enlevâmes nos vestes et les posâmes sur le sol, côte à côte. Lui s'assit d'abord, je le suivis. Puis, comme deux vieux potes que nous n'étions plus, retrouvant cette ambiguïté qui nous avait lâchés, nous nous collâmes l'un à l'autre, moi la tête contre son torse et son bras sur mes épaules. Nous entreprîmes d'ouvrir la première bouteille. De la vodka. Chacun son tour, nous avalâmes quelques centilitres du précieux élixir d'oubli. Camille, Anna-Marie, Camille, Anna-Marie, Camille, Anna-Marie, Camille, Anna-Marie. Inexorablement, la bouteille circulait de l'un à l'autre, dansante du cul et chantante du goulot. Au bout d'un moment, j'avalai la dernière gorgée de la première bouteille. Aucune importance, puisque nous en avions encore beaucoup en réserve. Le liquide, s'écoulant à l'intérieur de nos gorges, était chaud et réconfortant, et l'abîme qui s'étendait à mesure que s'accumulaient les gorgées nous promettait des jours meilleurs.

Nous ne parlions pas, nous n'avions rien à dire. Collés l'un à l'autre, à des milliers de millions de kilomètres pourtant, notre voyage avait commencé et nous nous laissions aller, de bonne grâce, à l'engourdissement des sens qui précède celui des esprits. Rien ne manquait à cette mort : les klaxons nous accompagnaient en un requiem étourdissant, les badauds nous escortaient, involontairement, jusqu'à notre dernier sommeil. Hors du temps, hors de nous, hors de tout, l'alanguissement nous gagnait et avait, tout doucement, raison de nos forces. Bizarrement, en même temps, comme d'un commun accord, nos mains se cherchèrent et se trouvèrent. Nous devions nous dire adieu avant que la vodka ne se charge de nous ôter ce qui nous restait d'humain. À cet instant précis, l'osmose était parfaite et nos gestes, comme guidés par une voix supérieure, se complétaient à merveille. Nous étions à l'unisson, pour la première fois depuis des lustres.

Nous fîmes l'amour là, à l'abri des regards, habillés par la nuit, presque sans le faire exprès, mais en le voulant de toutes nos forces. Il n'y avait rien de plus naturel à cela. Pas d'intellect ni de mots inutiles, rien que le désir, l'envie, la curiosité et la volonté de survivre quelques minutes, quand même, malgré tout. Puis nous reprîmes nos places respectives, moi sur lui, me berçant de sa respiration et lui sous moi, se consolant de constater qu'un cœur encore chaud battait près de lui. J'étais si heureuse. C'était un cadeau de départ formidable. Je pouvais maintenant mourir tranquillement.

Le drame avec l'alcool, c'est que l'on ne peut pas prévoir ses effets. Aussi, tandis que mes paupières, lourdes, se fermaient à l'appel du gouffre, tandis que ma tête se vidait et que mes membres se détachaient, laissant libre cours à mes ailes pour s'envoler, une corde, épaisse, rugueuse, parut sortir de mon abdomen pour se planter sur le trottoir, me reliant au béton parisien, indéfiniment. Ma mère, arrivée de nulle part, en robe blanche, se mit à évoluer autour du méchant lien en riant d'un rire satanique. Sa folie m'effraya et je n'eus pas la force de l'affronter ce soir-là. J'ouvris les yeux. Malheureusement, le mal était fait. La haine m'envahit d'un coup et je passai, en moins d'une seconde, d'un état de félicité totale à celui, moins confortable, de la colère où tout et n'importe quoi devient un prétexte valable pour faire éclater la hargne. Je ne pus m'empêcher de l'ouvrir :

— Tu vois, on aurait pu être si bien si t'avais pas déconné…

La perche tendue était trop grosse. Comment, dans ces conditions, Camille ne l'aurait-il pas saisie ?

— C'est pas moi qu'ai « déconné », comme tu dis, Anna. C'est toi qui as… tué… mon chien.

Il ne m'avait pas pardonnée. Il ne me pardonnerait jamais.

— Pas vraiment, je te l'ai déjà expliqué, c'est ma mère qui…

— Fais pas chier avec ta mère. Arrête de te foutre de moi. Tes pulsions, tes démons, tes problèmes, y en a marre. Fais-toi soigner, merde ! On règle pas ses soucis à coups de canif dans le bide des autres. Jamais. T'as tout foutu en l'air : moi, Max et toi. Tu me dégoûtes !

L'alcool prenait le même petit chemin dans l'esprit de l'Ange Déchu que dans le mien : celui de l'envie d'en découdre, pour tout et pour rien. Il me rejeta violemment en arrière et se leva. Porté par une fureur que je ne lui connaissais pas, il m'agonit d'injures. C'est bien simple, tout y passa, de mon physique disgracieux à mes parents, de mon « travail » à ce que j'étais. Tout ce que je lui avais confié jusqu'alors, dans l'amitié, dans l'entière confiance, me revenait dans la tronche. Sonnée par tant de véhémence et d'une constitution trop faible pour supporter une alcoolémie aussi élevée, je restai sur le sol, interdite, incapable de répliquer. Lui, que ma torpeur devait agacer, m'attrapa le bras, me souleva et m'obligea à soutenir son regard incendiaire en me tenant le menton. Comme une gamine. Je sentais mes yeux s'emplir de larmes et mon ventre se défaire. Comment, me disais-je tandis qu'il déversait sur moi des horreurs, encore et toujours, pouvait-il me faire ça après ce qui venait de se passer entre nous ? De quel bois était-il donc fait ? N'étais-je rien d'autre qu'une prostituée pour lui ? N'avait-il couché avec moi que pour mieux m'humilier ? J'avais moi aussi des griefs, des rages qui me mangeaient la gorge. Mais là, vraiment, je trouvais le moment mal choisi.

Aussi, et à défaut d'une réponse plus adéquate, lui crachai-je à la gueule. De toutes mes forces. De tous les mots que je ne parvenais pas à sortir. Un concentré de la haine qui m'habitait : haine de lui, haine de moi, haine de cette histoire qui ne servait à rien, haine de cette tête trop pleine de rancœur, haine de ce monde dans lequel mes parents infernaux m'avaient jetée en pâture, haine, enfin, du Beau Brun, qui se fichait éperdument du drame qui se jouait là, bien emmitouflé dans son béguin confortable pour une femme aux rondeurs engageantes.

Ma réponse humide surprit Camille presque autant que moi et, sans crier gare, une gifle monumentale vint s'abattre sur ma joue, une gifle inouïe d'agressivité qui m'envoya à terre. Mon oreille droite bourdonnait, la joue me brûlait. L'effroi causé par le geste de Camille, de mon Camille, creva ce qu'il me restait de résistance. Le visage dans les mains, je renonçai à me battre et me mis à sangloter, la tête résonnant encore de la force du coup porté.

Camille avait gagné. Il avait enfin ce qu'il avait peut-être toujours voulu : les pleins pouvoirs. Il me tenait entre ses mains. Il m'avait assommée, il pouvait maintenant me donner le coup de grâce en m'écrasant comme une vulgaire fourmi. Pauvre tas informe qui se traînait à ses pieds, j'étais sans volonté, prête à tout entendre et à tout accepter pour que le calvaire s'arrête. L'Ange, qui n'avait alors plus rien d'angélique, grisé par une victoire si facilement acquise, ne voulut pas en rester là et me lança, sur un ton de défi :

— J'vais tout leur balancer, aux flics. J'vais leur dire que t'existes, que t'as liquidé la vieille qui t'avait recueillie, que t'étripes les clébards et que t'es folle à lier. J'vais leur dire aussi que tu fais la pute, tant que j'y suis. J'vais pas te faire de cadeaux, Anna, crois-moi, tu m'as trop pourri l'existence. J'vais tout leur dire, j'vais peut-être même en rajouter un peu, juste pour être sûr qu'ils te loupent pas. T'es qu'une larve, maintenant, et le pire, c'est que tu vas même pas m'empêcher d'y aller.

Il avait foutrement raison : je n'empêcherais rien du tout. À l'intérieur, je le suppliais carrément d'y aller – où il voulait, d'ailleurs : au commissariat, en Chine ou au château de Chambord, n'importe où, pourvu qu'il cessât de me torturer et qu'il partît loin, le plus loin possible de moi et de ma vie.

Il cracha à son tour dans ma direction. Oh, pas sur moi, juste à côté. Un peu comme s'il avait pointé une arme vers moi et qu'il eût tiré à mes pieds. Le mal était fait, de toute façon, et qu'il m'achevât ou non n'avait, en fin de compte, qu'assez peu d'importance. En proie à une violente crise de nerfs, je ne voyais plus rien. Je l'entendis prendre une dernière gorgée, tourner les talons et s'éloigner, me laissant à terre, en boule et dans une solitude à faire chialer un pinson. Et, forcément, comme dans un mauvais film, il se mit à pleuvoir, pile à ce moment-là.

Chapitre 21

Rond comme une queue de pelle, titubant, sentant la vodka à plein nez, Camille eut beaucoup de peine à trouver un commissariat. Sur le chemin, il faillit se faire renverser pas moins de huit fois, essuyant une salve de klaxons et d'injures à chaque manquement aux règles élémentaires de la route : les Parisiens n'aiment pas la déconfiture, c'est bien connu. Des bénévoles de la Croix-Rouge, le prenant pour un vagabond, lui proposèrent de lui trouver un repas et un abri pour la nuit, proposition à laquelle il répondit par une suite d'onomatopées sans signification. Devant l'incompréhension de ses interlocuteurs, il finit par se résoudre à maugréer quelque chose du genre : « Putain, non, putain, lâchez-moi, putain. »

Lorsqu'il était dans ces états seconds, « putain » devenait son mot préféré, son mot « à tout faire ». Il avait alors une capacité à donner à ses « putain » toute une myriade d'intonations, selon le sens qu'il désirait leur faire prendre et les nécessités du moment. Le moins que l'on puisse dire, c'était que la fonction de chaque « putain » était parfaitement comprise par ses interlocuteurs. C'était un vrai don que Camille possédait là, dont il usait jusqu'à plus soif, c'est le cas de le dire !

Ainsi, manquant laisser sa peau à chaque coin de rue, mangeant tous les débuts de trottoirs et dégringolant une fois sur deux, lâchant des « putain » à n'en plus finir, faisant des pauses interminables tous les trois cents mètres pour envoyer une petite goutte dans son gosier trop sec, l'Ange Déchu déambulait en se grattant le bas des fesses, perdu dans ses idées et perdu dans la ville, ne reconnaissant plus rien, et jurant ses grands dieux que tout était là hier et que, le jour où il retrouverait celui qui avait été assez con pour tout déplacer sans en avertir les honnêtes gens, il lui ferait passer un mauvais quart d'heure. Croisant tout à coup la vitrine d'une boutique de luminaires, fermée à cette heure, il s'arrêta, presque interdit, devant son reflet et observa l'étrange énergumène qui se tenait devant lui.

— Tiens, se dit-il, l'est moche, lui, putain ! J'en voudrais pas, moi, d'sa gueule !

Ravi de lui-même, incapable de se reconnaître, il continua ainsi pendant des heures, buvant de temps à autre, marchant, chutant et jurant quand il lui restait du temps. Je suppose que c'est donc sale, puant, sans pouvoir aligner trois mots cohérents ni mettre un pied devant l'autre, c'est donc, disais-je, dans cet état lamentable qu'il poussa la porte du commissariat. Pensant cette dernière plus lourde qu'elle ne l'était en réalité, il impulsa trop de puissance à sa main et trébucha, encore, en pénétrant dans le bâtiment.

— Messieurs, bonsoir ! lança-t-il à tue-tête, s'adressant à la fois aux deux fonctionnaires en uniforme qui s'affairaient derrière un comptoir en bois et à l'homme sagement assis sur un banc qui leur faisait face.

Aussitôt, dans une chorégraphie parfaite de synchronisation, les trois occupants de la pièce tournèrent la tête vers Camille. Le plus vieux des deux agents, le plus ancien peut-être, lui renvoya un salut massif, convaincant, imposant, un salut qui constate qu'il y a quelque chose qui cloche et qui va se régler dans le quart d'heure.

— Bonjour, monsieur.

L'Ange s'avança cahin-caha et buta contre le banc.

— Putain, merde, putain de banc de merde. Fais chier, tiens.

Prestement, les deux policiers allèrent à sa rencontre.

— Ça va, monsieur ? Ça va aller ? dit celui qui n'avait pas encore parlé.

— Mouais, pffffff, putain, répondit Camille en tentant de retrouver l'équilibre.

— Z'avez trop bu, là ? dit l'autre, l'âgé, celui à qui on ne la fait pas.

— Putain, non, n'import'quoi, oh l'aut', lança l'Ange Déchu en se mouchant dans sa manche.

— Ben si, vous avez trop picolé, monsieur. C'est pas bon pour vous, ça, monsieur. Faut pas boire comme ça, insista le plus jeune, paternel.

— Bof, rota l'ivrogne, m'en fous d'vos conneries.

— C'est quoi, votre nom ? demanda l'un des deux.

— Anna, qu'elle s'appelle. Ou salope, ça lui va aussi, pouffa Camille.

— Non, monsieur. Votre nom à vous, c'est quoi ? Comment vous vous appelez ? reprit l'agent expérimenté.

— Buté, paf, hein, comme ça. Salope, putain, postillonna l'Ange Blond.

À ces mots, les deux agents échangèrent un regard perplexe. Quoi « buté », se disaient-ils. Qui « buté », s'interrogeaient-ils. Le troisième bonhomme, toujours sur son banc, leva les yeux.

— Qu'est-ce que vous voulez dire ? On a tué quelqu'un ? C'est ça ? tenta le jeune policier, timide inquisiteur.

— Putain, tu comprends rien, toi, hein ? T'es nouveau, ici, pas vrai ? dit Camille, en guise de réponse.

L'agent haussa les épaules et continua, comme si de rien n'était.

— Qui on a tué ? Et quand ?

— Putain, qu'est-ce j'en sais, moi ? Anna... elle a buté la vieille Moni. Et c'était y a... ouh, pfffff, putain, j'sais plus, moi. Dix ans ? Ptêt' dix ans ? Ptêt' plus ? Ou ptêt' moins ? Ça, elle m'a pas dit. En tout cas, c'est une belle salope, l'Anna-Marie. Elle paie pas de mine, mais moi, j'la connais. Et pis, elle a buté Tolstoï.

— Elle a tué Tolstoï ? s'enquit de nouveau le jeune policier. L'écrivain Tolstoï ?

— Ouais, même que c'était un artiste, mon Tolstoï, répondit fièrement l'alcoolisé.

Le plus vieux fit un signe de tête amusé à son collègue. Ce n'était rien, juste un clochard en état d'ébriété qui divaguait. Un de plus. La capitale regorgeait de ces paumés. À en vomir.

Camille parlait avec difficulté. Les mots se promenaient dans sa tête et paraissaient vouloir s'enfuir quand il essayait de les attraper. Ils sonnaient faux quand il parvenait enfin à les faire transiter par sa bouche. Sans être tout à fait conscient de l'impression qu'il donnait aux fonctionnaires en uniforme, il sentait bien qu'il n'était pas compris et cela l'agaçait au plus haut point.

— Bon, monsieur, on va attendre nos collègues, et puis on va aller faire un tour à l'hôpital ensemble, décida le plus âgé. Vous allez vous asseoir tranquillement sur le banc, d'accord ?

Évidemment, Camille n'était pas d'accord. Cependant, à cet instant, son consentement n'était pas obligatoire. Aussi, en rogne, menotté, Camille prit place en face du comptoir et attendit patiemment le retour des copains.

Deux heures et un épisode de fouille plus tard, un certificat médical attestant la qualité de sa cuite monumentale était remis aux agents par un des internes de garde du service des urgences. De retour au commissariat, plus accompagné que jamais, l'Ange Déchu fut placé en chambre de dégrisement. On lui fit ôter ses chaussures et on l'invita, plus ou moins cordialement, à pénétrer dans la cellule. À peine était-il entré à l'intérieur, à peine avait-il eu le temps de comprendre que cette pièce sombre et nauséabonde serait sa chambre pour le reste de la nuit, que la lourde porte se referma sur lui, sans autre forme de cérémonie. Le bruit de l'enfermement, d'un cachot que l'on clôt, d'une serrure géante que l'on fait glisser sur trois points, de l'homme qu'on met au ban pour un temps, qu'on protège de lui-même, le bruit qui cloue sur place, eut raison de l'alcool qui circulait dans ses veines : l'Ange dessoûla illico.

La petite pièce présentait un ameublement des plus sommaires : une simple paillasse, un petit banc scellé à la paroi du fond et des toilettes à la turque faisaient office d'ornements. Les murs, gris, souillés, avaient tout juste la bonté d'être là et de protéger l'« hôte » de la pluie. La porte épaisse, dont la couleur bois jurait avec la saleté ambiante, était, quant à elle, presque jolie, si ce n'était la fente de plexiglas qui venait trouer l'ouvrage du menuisier, pas beaucoup plus grosse qu'une meurtrière, ultime ouverture sur le monde. C'est par là que l'on observait et que l'on était observé, par un tout petit trou de rien du tout.

À bout de forces, à bout de souffle, tentant vainement de comprendre la raison de sa mise à l'écart alors que lui ne venait que pour aider le monde à se débarrasser de la vipère que j'étais, Camille fulminait. Non, il n'avait rien fait pour mériter cela ; oui, il venait juste pour filer un coup de main ; non, décidément, personne n'était de son côté ; oui, Anna était une pourriture ; non, il ne se laisserait pas faire. Dans un dernier élan, il alla tambouriner sur la porte :

— J'ai rien fait, putain. Laissez-moi sortir, merde. Allez, quoi. Ouh, ouh, y a quelqu'un ? Faut me laisser sortir. Je veux sortir !

Un « Ta gueule ! » énergique retentit du dehors. L'auteur – un agent ou un détenu, peu importe – n'était, de toute évidence, pas d'humeur à l'écouter. Personne ne prendrait sa défense, personne ne le protégerait contre l'absurdité de la société qui trouvait correct d'enfermer les gens de bonne foi quand elle laissait dehors ceux de mauvaise vie. Incompris, las de tout, résigné, certain qu'on ne l'y reprendrait plus, Camille s'écroula sur la paillasse, où il s'endormit comme un bébé.

Voilà, c'est comme ça que ça a dû se passer.

Ce sac, ce satané sac ne s'imagine pas le vide qu'il laisse. Il creuse la femme autant qu'il l'avait comblée autrefois. L'amour qu'il recouvre est immense ; sa perte est insondable.

Elle lit cette phrase qui lui fait face, encore et encore : *Aux grands hommes la patrie reconnaissante.* Elle se demande ce qu'est la grandeur. Elle se demande si elle est palpable, reconnaissable, mesurable. Elle se demande si on naît grand ou si on le devient. Elle se demande si le martyre peut faire grandir. Elle se demande si ceux qui n'accompliront jamais rien par manque de temps, de chance ou d'occasion valent moins que les autres. Elle voudrait savoir qui, du monument gigantesque ou de l'homme minuscule, éclabousse l'autre et lui fait l'aumône d'un peu d'éternité.

Chapitre 22

Sous une pluie battante, au beau milieu d'un trottoir un peu large, on pouvait distinguer une masse sombre, informe et vaguement respirante, secouée de temps à autre par de timides sanglots : moi, Anna-Marie Caravelle, anéantie, abandonnée aux caprices de la nuit, seule au monde et détruite encore.

L'eau venue du ciel se mêlait au chuintement salé de mes yeux et à la crasse de mes mains portées au visage, m'inondant d'une boue liquide et claire. Le pavé, mouillé, me glaçait les os et, faisant fondre mes dernières forces, me collait à lui dans une étreinte polaire. Mes vêtements, trempés, m'enserraient dans un étau d'humidité. Devant ce corps qui perdait pied, ma conscience se débattait dans un ultime sursaut de vie. L'instinct de conservation, comme ils disent. Pour autant, je me trouvais dans un état de confusion mentale extrême. Sans aucune notion du bien et du mal, sans peur mais sans confiance, certaine d'être là mais pas convaincue d'appartenir à ce monde, sachant à peine qui j'étais, tentant de retrouver le fil qui m'avait mise à terre, j'étais traversée de sentiments aussi violents que la paralysie nerveuse qui s'était emparée de mon corps. Moni, Camille, ma mère, Max, mon père, ma tache. J'étais perdue. Et si tout ce que j'avais cru jusque-là n'était en fin de compte qu'une pauvre mascarade ? Malgré moi, à bout de tout, je sombrai dans un sommeil étrange, comme un ordinateur se met en veille pour préserver ses données quand la batterie montre des signes de faiblesse. Un *bad trip*, en somme, peuplé de créatures diaboliques, certaines prônant le regret, d'autres le remords, toutes s'accordant sur mon manque de jugeote, de volonté, de personnalité, des êtres à tête d'horloge, des hommes à corps de chien, Max et sa blonde riant aux éclats, Camille à la tête d'une armée de petites Moni…

Cette interruption de ma conscience me sauva, cependant. Quelques heures plus tard, j'émergeai, des idées toutes neuves dans la tête, un esprit plus clair et, surtout, une réponse à mes questions, évidente : je n'avais rien demandé, j'avais été une petite fille plutôt sympa ; le reste du monde s'était ingénié à me pourrir l'existence. Alors oui, mes réactions n'avaient pas forcément été les meilleures, mais elles m'avaient été imposées par les circonstances. En conséquence, je n'avais jamais rien fait d'autre que rendre à César ce qui appartenait à César. Ce coup-là ne différerait pas du reste. Il me fallait remonter à la source de mon mal et rendre la pareille à celui ou celle qui en était l'instigateur. Or, je savais pertinemment à qui m'adresser pour que les choses reprennent leur cours normal. Allez, va, juste un dernier, pour qu'on soit quittes.

Dans le même temps, tandis que je ruminais des idées de vengeance avec ma mère, que j'échafaudais des plans et que je m'exposais des conjectures, tandis que l'air frisquet du petit matin éclaboussait de ses doigts gelés mon corps transi d'humidité et que les premiers passants me jetaient des regards obliques, tandis, enfin, que la vie revenait à la ville et que la lumière du jour naissant remplaçait celle du réverbère, un truc pas net se passait en moi. Oh, pas grand-chose, rien de très remarquable, un fait somme toute anodin, d'une banalité extrême même, quelque chose qui arrive souvent, qui remplit des pages mais qui n'est pas nouveau, un machin dont on fait des montagnes mais qui a cours depuis la nuit des temps, une rencontre fortuite entre deux choses visqueuses, un corps étranger qui vient nicher au plus profond de vous, une bouche qui s'en va manger à votre écuelle, un pied qui vous martèle les côtes. Ce petit truc, alors minuscule cellule de rien du tout, allait, dans les heures, les jours, les semaines à venir, se démultiplier pour se transformer en chair de ma chair, en chair de sa chair, en chair de notre chair. Témoin encore invisible de notre étreinte, l'enfant que je portais et dont j'ignorais, à cet instant, jusqu'à la possibilité même de l'existence, prouvait, s'il en était besoin, que l'union est toujours plus forte que la déliaison, la lutte ou l'abandon. Bien plus, il prouvait à celui qui avait été pendant tant d'années mon Ange Blond que quelque chose, en lui, malgré lui peut-être, m'avait aimée, au point de s'accrocher de tout son cœur à mon utérus. Enfin, il prouvait que je n'avais pas rêvé – ce qui n'était déjà pas si mal quand on pense à l'ampleur de notre soûlerie.

Mon état, nouveau, encombrant, je ne l'appris pas. Enfin, pas tout de suite. Disons que j'en eus la sensation. Presque instantanément. Les femmes sont capables de cela, elles sentent quand la vie s'installe dans leur ventre et quand la nature décide de se foutre éperdument de ce qu'elles peuvent en penser. Un reste de notre animalité, sans doute. Mais une intuition ne remplaçant jamais, dans nos esprits crétins, malades et torturés, une certitude, j'eus cependant assez de temps pour mener à bien mon projet, avant que le résultat du test de grossesse et la raison qui va avec n'y missent un terme. Ainsi, portant en moi l'ébauche d'une nouvelle vie et déterminée à me venger, je me relevai, trempée de la tête aux pieds, rendue belle par la conviction que quelque chose allait arriver. Marchant d'un pas décidé, la tête haute, le torse bombé, je me dirigeai vers la maison. J'allais montrer à Max de quel bois je me chauffais, et il ne s'en relèverait sans doute jamais.

Chapitre 23

J'arrivai à l'appartement. Je sonnai, juste pour être certaine que personne n'était là. Je me doutais que Camille était encore chez les flics, s'il avait, au moins, survécu jusqu'au commissariat. Quant à Max, il devait être quelque part, lové dans les bras de la blonde et loin, surtout très loin de ce qu'avait été sa vie d'avant, maquereau coincé entre un pédé et une pute assassine. À l'intérieur, personne : j'étais seule, comme prévu. Mes pas faisaient craquer le plancher et donnaient à ma démarche, maintenant hésitante, un petit air d'outre-tombe. Ça, et la tête de macchabée que je me trimbalais, pâle à en paraître jaune, les joues creusées, les cheveux hirsutes et les vêtements en loques. Un bref coup d'œil au petit miroir que j'exécrais suffit à me montrer que la tache de mon visage, cette nuit-là, avait dévoré ma face encore un peu plus, jusqu'à en couvrir les deux tiers. Reflet quasi exact de mes émotions, sa présence ne m'indisposait plus et je pris soin d'elle comme je l'aurais fait d'un moignon ou d'une plaie pour qu'elle guérisse à grands coups de cajoleries. Je la caressai un moment avec toute l'attention et toute la douceur dont j'étais capable.

Arrivée à hauteur de la fenêtre, je posai mes yeux sur la bienveillante horloge, attendant, peut-être, une esquisse de bénédiction de sa part pour le geste que j'allais accomplir. La petite boule d'angoisse de mes treize ans et quelques refit surface lorsque je m'aperçus que l'heure qu'elle indiquait n'était pas la bonne. Mauvais présage s'il en est, car si le temps n'était pas le bon, c'était que le moment n'était pas venu. Fort heureusement, un éclair de lucidité me poussa à regarder la montre que je portais à mon poignet. C'était elle qui s'était arrêtée et qui m'avait induite en erreur. Je la défis, ouvris la fenêtre et la jetai. Calmée, l'approbation de ma confidente obtenue, je pus enfin m'asseoir sur le lit et réfléchir à mon prochain crime. Il faut avouer que, pour l'heure, je ne savais pas du tout comment cela allait se passer, ni même avec quoi cela allait se passer. La raison et l'objet de ma vengeance m'étaient connus, mais, de là à savoir si Max devait mourir ou souffrir juste un peu, il y avait un monde diabolique que je ne parvenais pas ou que je me refusais à pénétrer. Je savais seulement que quelque chose devait arriver. À lui. Sous peine de recommencer à souffrir. Impossible. Jamais plus.

Ainsi, la tête dans les bras sur un lit ni fait ni à faire, je m'efforçais de faire fonctionner mes méninges. Chaque idée qui toquait à ma porte était aussitôt chassée par une autre, plus vraisemblable, plus faisable, plus efficace ou plus facile à exécuter. Cette danse des plans mettait à mal mon esprit encore fragile et je ne réussissais pas, au milieu de cet enchevêtrement de vilains desseins, à distinguer celui qui saurait avoir raison de l'attitude méprisante du Beau Brun.

J'étais là, sur ce matelas pourri, à m'écorcher la cervelle quand une clé pénétra dans la serrure de la chambre de bonne. Deux voix, l'une masculine, l'autre féminine, se firent entendre :

— T'es sûr qu'ils ne sont pas là, tes « cassos » ? lança la fille.

— Mais oui, t'inquiète pas. Je les ai appelés et ça répond pas. Écoute… ça sonne de mon côté et on entend rien derrière la porte, c'est qu'ils sont pas là, répondit le gars, sûr de lui.

Tiens, c'était vrai, mon portable n'était pas dans ma poche. Tombé, sans doute, dans la nuit.

— Je sais pas trop, continua la fille. Ils me font peur, tes potes. L'autre, là, celle qui t'aime tellement qu'elle va coucher ailleurs, et son copain, le pédé, qui s'habille en nana pour te faire fondre, je sais pas, ça m'inspire pas trop.

La voix masculine était celle, bien sûr, de Max. Quant à la fille, je supposai qu'il s'agissait de sa copine, la blonde « bien dans sa vie, bien dans son corps, bien dans sa tête ». En les écoutant, je me dis qu'il n'avait pas dû être tendre lorsqu'il lui avait parlé de nous et de notre petit ménage, manège, à trois. Une bouffée de haine m'étouffa presque, les larmes me montèrent aux yeux. Max s'était tout bonnement foutu de nous et de ce que nous avions vécu.

— Tu fais comme tu veux, Nath. C'est toi qui voulais voir où je vivais. Moi, je te force pas, c'est toi qui vois.

Ainsi, elle s'appelait Nathalie. J'aurais dû m'en douter : elle ne pouvait pas s'appeler autrement, elle avait une tête à s'appeler Nathalie.

— T'as raison, Max. Je t'aime et nous devons tout connaître l'un de l'autre, reprit la Nath en question, d'un ton câlin.

C'était quoi, ça ? Un article débile qu'elle avait lu récemment dans une obscure presse féminine ?

— Moi aussi je t'aime, mon bébé.

J'aurais dû me pisser dessus de rire au lieu de crever malgré moi de cette jalousie d'invertébré. Mais ma première réaction ne fut pas aussi cynique et j'étais loin, bien loin d'avoir envie de rire. On poussa la porte. Le grincement des gonds me fit paniquer. Moi ici, comme ça, face à eux, eux si beaux, si tout, et moi si rien. En un millième de seconde, je me mis à chercher un endroit où me cacher. Mais, dans cette pièce étroite, minuscule, rien ne permettait d'être invisible. L'horreur. J'allais devoir les affronter et l'imminence du combat me fit perdre la tête. Aucune issue, aucune idée. J'aurais tout donné pour ne pas être là. J'aurais tué, même.

La suite n'est que bribes que je reconstitue au fur et à mesure du temps – et encore, sans grande conviction. Les principaux témoins n'ont jamais rien pu raconter et moi, comment dire, je n'avais vraisemblablement pas toute ma tête. Ou alors n'étais-je pas seule, ou n'était-ce pas moi ? Je revois ma mère, folle, chantante, hurlante, danser sur le lit ; je revois Moni, s'affairant à préparer un drôle de petit déjeuner ; je revois Tolstoï, urinant sur le parquet ; je revois Poupoune, aboyant à tue-tête. Je revois ces deux corps sur le matelas, éviscérés, les tripes du Beau Brun et de la Blonde nouées dans un ultime coït, les yeux écarquillés de stupeur de se trouver unis d'une façon si étrange. J'entends des cris de surprise, des murmures de fin du monde, des supplications, des questions. J'entends la voix fantomatique de la môme Piaf qui me chante *La Vie en rose* quand je découpe les ventres. J'entends, je vois, mais je ne sais rien et je ne comprends pas. La main qui me guida alors, la conscience qui m'ordonna, n'étaient pas à moi. J'étais une victime, moi aussi – pas à part entière, n'exagérons rien, mais quand même. En réalité, ce dont je me souviens surtout, c'est l'instant d'après et le calme souverain que je ressentis lorsque je compris que mes souffrances étaient bel et bien terminées et que l'on n'emporte rien dans la tombe. Que, lorsque l'on fait du mal, cela finit forcément, un jour ou l'autre, par se retourner contre vous.

Je ne me rendis pas tout de suite compte de ce que j'avais, de ce que nous avions, mes fantômes et moi, commis. Quand, par un regard transversal à travers la pièce, je mesurai l'étendue des dégâts, je n'étais pas fière. Bien, certes, mais pas fière. Et puis, il y avait cette chevelure blonde de la Nathalie, mal peignée : cela m'énerva comme un petit bouton qui gratte. J'attrapai une brosse qui dépassait de son sac à main pas fermé et j'entrepris de la coiffer, tout doucement, telle une poupée. Soyeux, doux, brillants, les cheveux de la morte étaient d'une nature généreuse, mais docile. Aussi ne me fut-il pas difficile d'obtenir un résultat satisfaisant. Quant à Max, je décidai de n'y pas toucher, tant il était, quoi qu'on en dise, toujours à son avantage.

Reculant de quelques pas, je jetai un dernier coup d'œil afin d'apprécier la qualité de mon ouvrage. Ce n'était pas mal, mais quelque chose manquait encore : un petit détail qui tue, et qui tournerait en dérision complète leur amour toujours trop beau. Ils ne devaient pas s'en tirer sans comprendre ni sans faire comprendre le ridicule de leur idylle à deux balles.

Le sac éventré de la Blonde-bien-dans-sa-vie gisait encore sur le sol et donnait à voir son contenu, fait de futilité, rempli de vide. De là où je me trouvais, je crus distinguer un portefeuille beige, un porte-monnaie assorti, un trousseau de clés, une boîte à lunettes, un téléphone, des écouteurs, un flacon de parfum et une trousse à maquillage. Cette dernière me donna une idée lumineuse : me déguiser en elle. Je l'ouvris et me saisis de ce qui me paraissait être un rouge à lèvres. Rose pâle, le secret des lèvres nacrées de la Nathalie. Je m'accroupis face au petit miroir de la pièce et m'en couvris la bouche. Cela suffisait-il à me rendre aussi séduisante que la Blonde ? Assurément non, elle devait avoir une autre botte magique. Néanmoins, cette couleur convenait tout à fait à ce que j'avais en tête. Je dessinai un petit cœur juste au-dessus de la couche des tourtereaux, puis un deuxième, puis un troisième, immense. Enfin, je reculai afin de mieux juger mon œuvre.

Assez satisfaite, je rangeai soigneusement l'objet là où je l'avais trouvé, dans la trousse – trousse que je pris soin de refermer et de mettre, non pas dans le sac de la Blonde, mais dans le mien, juste au cas où.

Une envie irrépressible de me faire belle me poussa à vider le carton qui me servait d'armoire et à choisir, avec soin, les habits que j'allais endosser pour fêter ma renaissance : un pantalon blanc et un chemisier vert me parurent être un bon compromis d'élégance et de praticité. Je me lavai, me maquillai, me coiffai, me parfumai, aidée en cela par les affaires que m'avait léguées, bon gré mal gré, la Nathalie. À vrai dire, pour la première fois peut-être, je ne me trouvais pas trop mal. Quel gâchis que ni Max ni Camille n'aient pu être là pour voir ce que j'étais capable de devenir. M'enfin, puisqu'on ne peut pas toujours avoir ce qu'on veut, je décidai d'aller de l'avant et de sortir de là, pour ne plus, évidemment, y revenir. Je décrochai les dessins que Camille avait faits de moi, au temps du bonheur, pour les garder comme des reliques. J'enfournai également, dans un baluchon de fortune, les quelques frusques qui pouvaient me servir et trois billets retrouvés au fond d'un pot. Puis, d'un pas leste, danseuse étoile en sortie de scène, je quittai l'appartement qui avait tout vu ou presque, sans regret, sans remords, sans projet, sans rien d'autre que ma volonté et une croyance toute nouvelle en ma bonne étoile. Maintenant, la vie était à moi. Tout ce qui avait été moi n'était plus, j'étais toute neuve.

Dehors, il faisait une chaleur de plomb. L'horloge de la gare indiquait onze heures à peine. Le soleil dardait ses rayons de feu sur Paris. Les joggeurs, en nage, étaient sur le point de faire une crise cardiaque ; les marchands, chanceux, faisaient tourner les climatiseurs à plein régime, les autres s'éventaient comme ils pouvaient ; les jeunes filles buvaient de la Contrex, les plus âgées de l'Hépar ; les jeunes hommes parlaient fort au téléphone, les plus vieux s'épongeaient le front. Bref, tandis que le monde dégoulinait de sueur, je passais au travers, arrosant les rues de mon nouveau moi, fraîche, pimpante et magnifique. Les yeux qui se posèrent sur moi, cette fois-là, ne dirent pas la même chose que d'habitude : pas de regards interrogateurs, dégoûtés ou simplement empreints de pitié, juste des hommes qui se retournèrent sur mon passage, pétris d'admiration et des envies entre les jambes ou dans les cœurs, et des femmes un tantinet jalouses. Désormais, j'étais celle que l'on enviait, pour une demi-seconde au moins.

Chapitre 24

Un agent de police vint réveiller Camille :

— Monsieur, vous avez assez dormi, là. Monsieur, ça va ?

L'Ange Blond n'ouvrit pas un œil. Il émit un petit bruit, un grognement à vrai dire, et se retourna sur sa paillasse, en se couvrant les épaules de la couverture crasseuse que l'équipe de nuit lui avait concédée.

— Monsieur, c'est l'heure. Va falloir y aller. Vous vous sentez mieux ?

Sous l'insistance du fonctionnaire, Camille finit par émerger. Après un temps infini au cours duquel il tenta de reconnaître les lieux et de se souvenir des circonstances – fâcheuses, assurément – qui l'avaient conduit dans ce trou, il posa son regard vitreux et passablement cerné sur le policier, un homme d'une trentaine d'années, plutôt beau garçon. Il lui sourit :

— Bonjour, monsieur, lança l'Ange, gaillard, en se frottant les yeux. C'est quoi, la suite ?

On l'emmena dans une petite salle attenante où on le soumit à l'épreuve de l'éthylomètre. La machine était formelle : Camille était net comme un oisillon. On pouvait donc en rester là. Il enfila ses chaussures, on lui remit ses papiers et ses effets, on l'exhorta à ne pas recommencer, et *adios amigo*.

Il faut dire que l'équipe de nuit avait fait une erreur de taille : pressés d'en terminer, les agents avaient omis, tout simplement, de rapporter les propos que Camille avait tenus à son arrivée au poste. Charabia incompréhensible pour les uns, cafouillage d'ivrogne pour les autres, sa dénonciation n'avait eu aucune espèce d'importance : non seulement on n'y comprit rien, mais, en plus, les clochards qui bredouillent des pensées amères, ça court les rues. Ainsi, le témoignage de l'Ange était passé inaperçu. Vous voyez que j'avais raison de croire en ma bonne étoile qui, sur ce coup-là, avait fait un boulot magistral.

Sans autre forme de cérémonie, Camille se retrouva dehors, malodorant et un peu honteux. Sans un sou, il entreprit de faire le chemin du retour à pied, afin de rentrer et de se décrasser un peu, et la figure, et les idées. En chemin, l'Ange Blond maugréait. Il était de sale humeur. Non, ils n'avaient pas chié la honte, ceux qui l'avaient enfermé, lui, l'artiste, l'honnête citoyen, le libéré. Allez-y, braves gens, allez leur donner des informations, allez les aider à faire justice, vous verrez de quelle justice, eux, vous mangeront. Ils marchaient sur la tête, dans ce commissariat. On avait vraiment du temps à perdre à enfermer les inoffensifs. Non mais.

Il en était encore là de ses pensées lorsqu'il arriva dans le hall de l'immeuble que nous habitions, Max, lui et moi. À trois minutes près, nous nous serions croisés. La vie est drôlement faite, parfois. Mais il ne rencontra personne. Jusque-là, la chaleur lui avait paru supportable, c'est à peine s'il l'avait ressentie. Mais, parvenu au bas de l'escalier et de ses six étages à monter, il se dit que, décidément, il faisait chaud, très chaud, et que, vraiment, tout était contre lui. Loin pourtant de se laisser abattre, attiré sans doute par la certitude de trouver de quoi se désaltérer dans le réfrigérateur, Camille se mit à grimper ces satanées marches, deux par deux d'abord, puis une à une, en se cramponnant à la rampe pour ne pas tomber. Il devait monter, coûte que coûte. C'est alors qu'une idée lui traversa l'esprit : et si j'avais réussi, moi aussi, à rentrer à la maison, comment allait-il m'affronter ? Qu'allait-il bien pouvoir inventer comme excuse pour se justifier, lui qui n'avait pas été capable de mettre ses menaces à exécution ? La honte. Oh, et puis non, l'Affreuse Rouquine était facile à endormir, toute groggy d'amour qu'elle était.

Au bout de quelques minutes, il arriva, essoufflé, épuisé, dégoulinant de sueur et la barbe naissante qui gratte, sur le perron de la porte. Là, alors qu'il s'apprêtait à fouiller ses poches à la recherche de la clé, une impression étrange et diffuse le submergea, si vague qu'à cet instant, si on lui avait demandé à quoi il songeait, il n'aurait pas su répondre. Il pensa d'abord qu'on l'observait. Il regarda donc de droite et de gauche, mais ne vit pas âme qui vive. Il haussa les épaules en se disant que, au pire, ça et la nuit au poste lui donneraient un peu de matière pour ses écrits à venir. Il avait dû prendre un coup de chaud : le soleil, c'est terrible pour les blonds. Il sourit à sa petite santé et à sa fragile constitution. S'imaginer gamin lui faisait terriblement plaisir.

Oui, mais non : il y avait forcément autre chose, puisque son trouble ne s'atténuait pas. Un pressentiment. Quelque chose qui vous fait hésiter à ouvrir la porte, sans que vous sachiez quoi. Une main invisible qui vous retient. Une curiosité incroyable qui vous pousse néanmoins. Le conflit des deux qui vous met mal à l'aise et, soudain, le flash : cet éclair dans mes yeux alors que nous observions la scène d'amour débile de Max et de sa copine, cette tache qui battait sur ma joue comme un petit cœur, ce que je lui avais raconté de mon enfance, ce que j'avais infligé à Tolstoï, la façon dont il m'avait traitée sur le trottoir la nuit précédente et ce dont, enfin et surtout, il me croyait capable. Lui, savait pertinemment et mieux que quiconque l'importance toute particulière que j'accordais à ce que chaque addition fût payée. En tout état de cause, je n'avais certainement pas dû en rester là. À bien y penser, il me trouva effrayante. Et Max, effroyable de ne pas nous avoir assez aimés.

Camille, ce matin-là, était un homme blessé – blessé dans son amour unilatéral pour Max, blessé dans son amour-propre, blessé dans son corps. C'est donc torturé, le cœur en larmes, l'angoisse au bide et la transpiration sous les aisselles qu'il se décida à se diriger vers la porte d'entrée de l'appartement. Lentement, il fit tourner la clé dans la serrure. La porte s'ouvrit d'elle-même, béante sur le couloir. Timidement, il s'avança. L'angoisse était telle que l'estomac de l'Ange Blond frisait un peu plus l'ulcère à chaque pas. Il n'y avait aucun bruit. Apparemment, personne n'était là. *Allez, mon gars, sois un homme…* Vaguement mis en confiance, il pressa le pas et arriva dans l'unique pièce de notre petit nid. Là, la lumière du soleil, extrêmement forte, l'obligea à baisser les yeux. Quelques centièmes de seconde, à tout casser.

Et puis la découverte. Étonnante. Macabre. Détonante. Mortelle. Enfin, il savait d'où lui venait cette sourde angoisse. Enfin, il savait qu'il savait. Enfin, il savait qu'il avait toujours su que les événements suivaient un déroulement normal et qu'il n'aurait pas pu, de toute façon, en être autrement. Bien sûr, il y eut de la surprise. Bien entendu, il y eut un peu d'effroi. Évidemment, il y eut un chouïa de panique. Et puis de l'envie, aussi, face à cette chevelure parfaite qui appartenait à quelqu'un qui, manifestement, n'en profiterait plus. De la reconnaissance, enfin, face à ce qu'il prit pour un geste d'une intelligence rare. Tout, pour lui, y était : de l'agencement des corps au jeu des lumières, jusqu'au message porté par les tripes des deux protagonistes, à l'air, au milieu de cette pièce sentant la jeunesse à plein nez pour les siècles des siècles, en passant par les mignons petits cœurs qu'une adolescente aurait pu dessiner sur un classeur en pensant à son amoureux secret. J'étais, décidément, une fille fascinante. La scène accrochait son regard, presque malgré lui, et il ne parvenait pas à faire taire cette curiosité quasi bestiale qui le poussait à regarder encore et toujours. Sans le vouloir, combattant même ce sentiment qu'il jugeait, sinon honteux, du moins inapproprié, il ne put s'empêcher d'être un peu heureux devant ce double homicide. Lui aussi allait pouvoir passer à autre chose, maintenant que le sale boulot avait été fait. C'était *tout bénef.*

Après quelques minutes, il songea qu'il valait mieux ne pas trop traîner dans le coin. On ne savait jamais ce qui pouvait nous tomber dessus, comme en témoignait son expérience malheureuse de la nuit précédente. Cependant, quelque chose en lui, un résidu d'éducation, un ersatz de moralité, une touche de probité, lui commanda de se rendre de nouveau au commissariat pour raconter sa découverte. Mais, un chat échaudé craignant l'eau froide, mon Ange Blond, convaincu plus que jamais que la justice des hommes n'était pas à sa hauteur, résolut de s'en aller sans rien dire à personne. Le pied de nez qu'il lui sembla ainsi adresser à toute la société le fit rire, comme une bonne blague. Et c'est d'une humeur formidable qu'il sortit de l'appartement, dévala l'escalier quatre à quatre et rentra chez ses parents, après plus de dix ans de liberté qu'il ne pouvait plus voir en peinture. À terme, il pourrait même peut-être se marier – c'est dire.

Chapitre 25

En sortant de l'appartement, je n'avais aucun autre projet que celui de commencer une vie nouvelle en me laissant porter par le vent. Je refusais carrément de me poser des questions métaphysiques, tant je voulais profiter d'un état de grâce que je savais éphémère. Il y avait, dans ma situation, des éléments effrayants à première vue, mais qui, sous l'angle du verre à moitié plein, paraissaient tout à fait confortables. Le premier, le plus prégnant, était que, encore une fois, j'étais seule, désespérément. Oui, mais, comme dit l'adage, mieux vaut être seul que mal accompagné. Moralité : ma solitude était une chance formidable, les attaches ne m'ayant jamais porté bonheur. Le second était ma pauvreté. Je n'avais pas plus de cent euros et cette somme, d'ici peu, aurait fondu comme neige au soleil. Heureusement, j'étais jeune, courageuse, et j'avais une prestance toute neuve. Par expérience, je savais comment gagner beaucoup en assez peu de temps. Un peu de fard, de fond de teint et de blush suffirait à me rendre présentable pour la bagatelle. Enfin, je n'avais plus de toit. Mais la Ville lumière regorge d'hôtels miteux, bancals et crasseux : il ne me serait donc pas difficile d'élire résidence quelque part. À cette heure, l'essentiel pour moi était d'être assez forte pour me débrouiller. Je voulais savoir qui j'étais et ce que je valais ; je me mettais au défi de réussir ma vie sans assistance, sans hospitalité et sans pitié.

Une bouche de métro me cracha sur la place de Clichy et ce que je connaissais de la ville m'emporta vers Pigalle. La chaleur étouffante donnait au boulevard une ambiance estivale de nonchalance et de paresse. Les pas étaient lents, les badauds s'économisaient. Le soleil rendait le béton luisant et les vitrines éclatantes. Quelques automobilistes, bien protégés à l'intérieur de leur habitacle climatisé, souriaient en attendant que le feu passe au vert. À cette heure, peu de boutiques étaient ouvertes. Rideaux et photos suggéraient aux gamins captivés les trésors des nuits chaudes parisiennes, entre les mères embarrassées et les pères ragaillardis.

Je le répète, je n'avais pas, en sortant de chez moi, d'idée toute faite sur ce qu'allait devenir ma vie. Pas de projet personnel ni d'orientation professionnelle, pas d'ambition démesurée ni d'envie particulière, pas de préjugé ni de modèle, rien que la nécessité de me nourrir, de me vêtir, de me loger et de me tenir propre. Alors, forcément, mon avenir se dessinait à mesure que je déambulais sur le boulevard de Clichy. Je ne décidais rien : les choses étaient ainsi dessinées en amont par les circonstances. L'essentiel résidait dans le fait que je ne devrais à personne ce que j'allais devenir. Pas de dette, pas de créance, pas d'attachement, juste moi et moi-même. Pas de risque, donc. Or, ce que je désirais par-dessus tout, c'était la tranquillité. Tant pis si elle était à ce prix. Si je me débrouillais bien, elle glisserait sur moi dans une sorte d'apathie consentie.

Je pénétrai dans le premier hôtel de seconde zone que je rencontrai. À l'intérieur, posée sur le comptoir de la réception, une petite sonnette devait signaler au gérant ma présence et l'intensité de mon humeur. Ce dernier pouvait donc, en fonction de la demande, s'inventer une mine enjouée ou austère. Je posai mon baluchon à terre, me mouchai – petit rhume, maigre souvenir de la nuit – et appuyai sur le bouton ocre. Aucun son ne retentit. Je recommençai. Toujours rien. À l'affût des signes, pressentant qu'il s'agissait d'une mise en garde ou, tout au moins, d'un obstacle qu'il ne fallait pas prendre à la légère, je décidai de changer de crémerie. Je remis mon sac à l'épaule et sortis. Quelques mètres plus bas, une enseigne bleu lavande un peu kitsch accrocha mon regard : *À la fleur de Pigalle* m'ouvrit sa porte et m'invita à entrer. Une femme s'éventait, assise derrière un accueil fané. Au milieu de sa cinquantaine et le décolleté généreux, la dame me scruta du haut vers le bas, du bas vers le haut et aussi un peu sur les côtés, posa sa clope sur le coin d'un cendrier et me lança d'une voix éraillée :

— Je peux aider la d'moiselle ?

Cette femme, certainement, avait dû être bien jolie avant de devenir ce cachalot sévère et peinturluré. La vérité, c'était que Mère Maquerelle ou Mère Mac, comme l'appelaient les filles lorsqu'elle n'était pas dans le coin, était une ancienne du quartier, une vieille de la besogne, une prostituée partie de rien, mais qui avait bâti un empire, ou ce qu'elle considérait comme tel, en la propriété de trois hôtels à Pigalle qu'elle tenait d'une main de fer. Ses clients étaient, pour la plupart, des filles qu'elle logeait au mois ou à l'année et qu'elle se vantait de protéger tant que les chambres étaient payées d'avance, que les activités restaient discrètes et que personne n'était emmerdé. Ses hôtels, évidemment, tenaient plus des bordels que des lieux de villégiature. Quant à elle, elle avait plus l'air d'une tenancière de maison close que d'une directrice de quatre-étoiles. Les filles qui habitaient dans ses logements la craignaient autant qu'elles la respectaient. Les « déjà-installées » racontaient son histoire aux nouvelles, histoire qui, au fil du temps et des malentendus, était devenue un récit légendaire et magnifique, une parabole bourrée de messages de courage, de foi et d'altruisme. Et, tandis que sa seule gloire avait été d'arracher un homme riche à une femme mourante, elle était, pour toutes, un symbole de réussite et un exemple à suivre. La reine d'un Versailles en toc. Bref, Mère Mac, Marcelle Baptiste de son vrai nom, était une personnalité redoutable et influente dans ce monde bruyant de porte-jarretelles et de rencontres pressées.

— Euh, oui, bonjour, répondis-je, rendue soudain hésitante par son regard perçant. Je voudrais louer une chambre, s'il vous plaît. Pour la nuit.

Elle me toisa, littéralement. Elle ne semblait pas convaincue. De quoi, je n'en savais rien.

— Mmh, tu sais où t'es, ma belle ? me demanda-t-elle tout en continuant de s'éventer.

Je repris de l'assurance. J'étais de la partie, après tout, depuis quelques années.

— Oui, oui, je sais où je suis et je sais ce qu'on est censé y faire. J'exerce le même boulot que les autres.

Mes paroles parurent la rassurer. Elle se tourna, décrocha une clé du présentoir et la posa sur le comptoir. Au moment où je m'apprêtais à la saisir, elle la retint du plat de la main et approcha son museau maquillé.

— Je t'explique : chez moi, tu peux donner le nom que tu veux, je ne veux pas voir tes papiers ni savoir si tu es en règle. Les contrôles, je m'en occupe, te casse pas pour ça, je connais mon petit monde. Seulement voilà, la version que tu me donnes, c'est celle que tu vas devoir donner à tout le quartier : hors de question que je t'appelle Gisèle si tu dis à tout le monde que tu t'appelles Gertrude. Sinon, c'est un sacré bordel, tu piges ?

J'acquiesçai d'un signe de tête. J'étais heureuse, je n'en demandais pas tant. Je venais de commettre un meurtre, après tout.

— Alors, comment qu'c'est-y qu'elle va s'appeler ?

La réponse fusa presque à mon insu.

— Élise. Il faudra l'appeler Élise Cara.

— Allons-y pour Élise. Une nuit, tu as dit, c'est ça, une seule nuit ? dit-elle d'un ton enjôleur cette fois.

— Oui, pour l'instant, je ne sais pas encore.

— Bon, très bien, nous verrons. Ah oui, autre chose : les nuits sont payables d'avance, et ça, c'est non négociable, balança-t-elle en me montrant, de son doigt manucuré de vulgarité, un petit panneau jauni au-dessus de sa tête : « La maison ne fait pas crédit. »

Chapitre 26

La clé qu'elle m'avait remise portait, en son bout, une cordelette usée et une pancarte en bois bouffée aux xylophages sur laquelle était inscrit le chiffre « 119 ». J'en déduisis que ma chambre se trouvait au premier étage. Armée de mon baluchon qui commençait à me peser sérieusement sur l'épaule, j'entrepris de grimper l'escalier que Mère Mac m'avait indiqué d'un signe de tête. L'odeur du couloir n'était pas fraîche, un peu comme un grenier mangé de poussière et de moisissure. À chaque pas, l'escalier craquait, murmure de la matière inerte donné en réponse au fardeau infligé par le poids de l'humain. Au mur, la décoration vieillotte relevait plus de la pension de famille du XIXe siècle que de l'hôtellerie parisienne : un papier peint à fleurs orange et marron où l'on avait accroché, de-ci, de-là, des tableaux de nature morte, voire très morte, surplombait un lambris sans éclat, éclaboussé de choses peu ragoûtantes. Le plafond, d'un blanc beige, était prêt à vous tomber sur la tête. Envahi de fissures, de taches d'humidité, il ne semblait tenir que par la force du Saint-Esprit ou de la tenancière, à l'affût du moindre manquement pour refermer le piège du toit mouvant sur le pauvre client et l'emmurer vivant.

Je trouvai sans difficulté la porte 119. Après ce couloir de maison hantée, je ne m'attendais à rien de très folichon. Aussi, quelle ne fut pas ma surprise, en pénétrant dans ma chambre, de la découvrir claire, lumineuse, décorée avec soin, parfumée au jasmin, des draps immaculés sur le lit qui vous promettait monts et merveilles. D'emblée, je me sentis bien et m'allongeai avec mon baluchon sur les draps blancs qui fleuraient bon la lessive pour faire le point : la chambre que l'on m'avait allouée était si agréable que j'allais, c'était certain, y élire domicile. Quant à mon travail, car il fallait bien que j'y pense, il était totalement hors de question qu'il vienne polluer mon petit havre de paix. Il me fallait donc, dans les prochaines heures, trouver un local, un recoin où gagner ma croûte. Le plus pratique, bien entendu, serait de louer une autre chambre dans le même établissement afin de m'épargner un trajet inutile. Mais c'était un investissement et, comme tout investissement, cela comportait des risques financiers. Et si je ne réussissais pas ? Et si, à la fin, je n'avais plus rien ? La Mère Mac n'était visiblement pas de celles qui vous faisaient des cadeaux. Mais, parce que je portais haut le cœur, je chassai bien vite ces idées noires en arpentant la petite pièce pour m'imprégner de son ambiance et m'imaginer à quoi allait ressembler ma nouvelle existence.

Après deux ou trois minutes, je m'aperçus qu'un rideau vieux rose, de la largeur d'une porte et d'une étoffe épaisse, surmonté d'une tringle et d'anneaux dorés, couvrait une partie du mur. Curieuse, je soulevai la lourde pièce de tissu. Le rideau cachait une porte qui devait communiquer avec la chambre d'à côté. Sans réfléchir, je frappai. Toc, toc, toc. Personne. Je frappai de nouveau. Toc, toc, toc. Toujours personne. J'actionnai la poignée, qui n'offrit aucune résistance : la porte n'était pas fermée à clé. De l'autre côté, je découvris une pièce sombre, décorée à l'emporte-pièce, bien plus en phase avec le hall de l'établissement que ne l'était ma propre chambre. Visiblement, cette chambre n'était, pour l'heure, pas louée. Une idée me traversa alors l'esprit : je n'avais qu'à l'utiliser comme bureau – une annexe professionnelle, en quelque sorte. Ainsi, je pourrais travailler presque à domicile sans toutefois l'être tout à fait. Cela ne présenterait que des avantages. Encore fallait-il que la Mère Mac y consentît.

Étonnée de ma trouvaille et de constater que tout, pour l'instant, se passait foutrement mieux que je n'aurais pu l'espérer, je descendis faire part de mon projet à la tenancière. Timidement. Non seulement elle n'y trouva rien à redire, mais elle m'informa que c'était de cette façon-là que procédaient les filles habituellement. La pièce contiguë à la mienne était réservée à l'usage que je voulais en faire, quand les chambres étaient conçues pour accueillir les appartements personnels des courtisanes. Ce bon sens m'éblouit. Quelle ingéniosité ! me dis-je. Cela sentait le vécu et respirait l'expérience à plein nez. Tout, ici, me rassurait. J'allais, c'était sûr, être la plus heureuse du monde. Hélas, je n'avais pas grand-chose en poche et, comme la Mère Mac me le rappela, la maison ne faisait toujours pas crédit. Je me mis donc au travail promptement, histoire de gagner au moins de quoi payer le loyer.

Ce soir-là, le soleil commençait tout juste à décliner que ma tirelire n'était déjà plus vide, loin de là. Après un rapide calcul, je m'aperçus que, à la fin de la nuit, j'aurais gagné de quoi payer mes deux chambres pour le mois. À partir du lendemain, je ne travaillerais plus pour ma survie, mais bien pour m'assurer une existence confortable. En attendant, exténuée par un après-midi et une nuit entière de clients soulagés dans la chambre 120, je m'endormis sans demander mon reste dans la 119, rêvant à ma nouvelle vie qui s'annonçait sous les meilleurs auspices, soulagée d'être enfin seule et me promettant d'être sage.

Un peu plus tard dans la journée, le soleil éclata dans la jolie petite chambre et vint titiller mes pommettes, me rappelant à une réalité toute neuve. Je m'éveillai d'une humeur sublime. Mon premier geste fut de me regarder dans le miroir et de me trouver belle ; c'est dire si les choses avaient changé depuis quelques heures. La couleur de mes cheveux, d'un orange éclatant sous cette luminosité en dentelles, était, sans mentir, merveilleuse. Mes yeux, verts, profonds, en disaient tellement long qu'ils éclaboussaient le monde d'une vérité magnifique. Ma peau était laiteuse comme celle de l'enfant calme. Quarante-huit heures auparavant, j'étais cadavérique, vilaine junkie marquée au fer rouge et zombie sur le bitume ; j'étais maintenant une femme entretenue dans un boudoir du XIXe siècle, la plus belle d'entre toutes. Pourtant, peu de choses, de l'extérieur, avaient changé. Juste le regard de celle qui ne s'aimait pas et que personne n'aimait. Juste l'envie d'être ce que je voulais. Juste la certitude de savoir ce qui était bon pour moi. Juste la satisfaction d'avoir réussi à garder la tête hors de l'eau. J'avais tout gagné, et ma revanche sur tout, et ma renaissance ; j'étais vraiment majestueuse.

Tout cela m'avait mise en appétit et j'avais une faim de loup. Je descendis, répondis poliment au signe de tête que m'adressa la Mère Mac et sortis. J'étais décidée à m'en mettre plein la panse, comme une fin de carême, afin d'enterrer une bonne fois pour toutes les jours de vaches maigres. Après un petit déjeuner d'ogre dans un bistrot du coin, je rentrai contente dans ma chambre pour me préparer à ma deuxième journée de travail. Avant de passer à ma toilette et à la mise en place des ornements divers sur ma personne, j'entrepris de mettre ma patte dans la chambre 119, décorée certes avec soin, avec âme même, mais pas avec *mon* âme. Je n'avais pas de photo, pas d'objet fétiche, pas de souvenir physique de ma vie, hormis les dessins de Camille.

Toute une collection de portraits de moi. Je les accrochai tous. Ils couvraient à eux seuls tout un pan de mur. Une fois les œuvres exposées, je reculai afin de mieux les voir et de me rendre compte du résultat final. À contempler ainsi mes multiples facettes mises en trait par mon Ange Blond, je ne pus retenir quelques larmes. De tristesse, car mon amour pour lui avait été grand et sans condition, et j'en avais beaucoup souffert ; de joie, parce qu'une personne au monde m'avait accordé assez de temps pour me percer tout entière. Depuis cette période bénite de bohème et de jeunesse égocentrique où nous inventions notre monde tous les jours, où l'un suffisait à l'autre, où l'art promenait sur nous ses doigts féeriques et nous donnait l'impression de voler, depuis cette période, donc, tout avait changé. Max était passé par là, avait tout emporté, nous avait cassés en deux, en dix, puis était reparti couler des jours heureux, ou pas, avec sa Nathalie, au paradis. Nos visages s'étaient émaciés et la souffrance avait effacé le grain juvénile et sans peur de notre peau. J'étais, aujourd'hui, sans mon Ange Déchu, dans une chambre d'hôtel où j'allais faire ma vie, et je prostituais mon corps pour ne pas vendre mon âme à une société humaine qui ne voulait pas de moi telle que j'étais. Farouchement opposée à toute nouvelle attache, je jurai devant les dessins, à Camille et à moi-même, que jamais, au grand jamais, on ne m'y reprendrait. Je vivrais dans une solitude choisie, loin, bien loin des amitiés dévorantes, des amours tonitruantes et des autres, tout simplement; je serais seule pour ne plus être dépendante, pour garder mon cœur et mon âme libres, et pour ne plus tuer, car, enfin, sans lien, on n'a plus personne de qui se délier. Désormais, je savais qui j'étais, et cela n'intéresserait personne d'autre que moi. Je séchai mes larmes, me lavai, me maquillai, me fis belle, et je partis ouvrir la chambre 120, telle une crémière qui, inlassablement, chaque matin, va ouvrir son petit commerce et accueillir ses premiers clients. Ça y était, j'étais Anna-Marie Caravelle au-dedans, Élise Cara au-dehors, commerçante de la Place Pigalle, une fille sans histoire et honorable.

Vendeuse de charmes en fin d'après-midi et la nuit, je consignais chaque matin par écrit les rencontres nocturnes, les « bizarreries » de mes clients, les agissements de mes « collègues » et la vie populaire du boulevard de Clichy. Ce goût de l'écriture, qui m'avait prise à l'époque de Max, ne m'avait jamais quittée. J'écrivais sur rien, sur tout, me sentant exister, vivante au travers des mots qui s'alignaient sur mon petit cahier à couverture noire et rugueuse, mentant à loisir mais ne pouvant vraiment mentir au fond, me mettant à nu sans crainte de jugement, sans fard et sans aucune fioriture, certaine que les lettres seraient ma thérapie. Et puis, j'écrivais un peu, peut-être, pour être lue, nourrissant le fol espoir qu'un jour Camille tomberait dessus, par hasard, par chance, par magie, par miracle, car, après tout, c'était un ange et il arrive ces choses-là, au pays des anges.

La nuit ne cesse de s'assombrir. Aux fenêtres, les dernières lueurs viennent de s'éteindre, la laissant seule, désespérément. La fraîcheur ambiante lui donne la chair de poule et plus rien ne semble lui adresser la parole. Elle va maintenant devoir prendre son courage à deux mains et saisir la poignée de son sac à dos. Elle respire intensément plusieurs fois. Ses yeux se perdent et s'attachent tour à tour. À gauche du Panthéon, en retrait, la figure de Pierre Corneille paraît vouloir la bénir. Tout, ici, a l'air tellement familier. Une dernière fois, elle prend une grande bouffée d'air.

La femme se lève. Elle attrape le sac. Son poids la surprend. Elle prie pour que les coutures ne craquent pas, qu'elles tiennent encore quelques mètres au moins, juste le temps de l'emmener là où il doit être, là où elle doit être.

Chapitre 27

J'étais donc chroniqueuse la journée et commerçante à la tombée de la nuit. Ma vie était ainsi formidablement bien réglée et je coulais des jours paisibles, heureux presque, entre la 119 et la 120, sortant et parlant le moins possible, fuyant même toute vie sociale comme la peste. Les heures se succédaient sans surprise, au milieu de visages devenus peu à peu familiers, mais toujours anonymes. Seule Qing Yijia, ma voisine et collègue, avait un nom. Nous avions pris l'habitude de nous croiser entre deux clients et échangions des hochements de tête polis. Elle et moi faisions le même boulot. Cela rapproche, forcément. Enfin, cela la rapprochait de moi, pour être exacte, car, de mon côté, les choses étaient tranchées : pas d'attache, Anna, aucun lien. Pas un mot non plus, pas beaucoup en tout cas.

Seule entre toutes, Qing Yijia était venue de sa Chine natale. Un homme vulgaire et malintentionné, rencontré dans une boîte à karaoké privée où elle était hôtesse « bonne à tout faire », de la maintenance des chiottes à la mise en place des boissons, du massage de pieds au réceptacle des mâles, lui avait promis une carrière immense au Moulin-Rouge ou au Lido, à elle qui ne savait pas danser. Sa famille la laissa partir, sa toute jeune fille de trois ans aussi. Et cette femme du sud de la Chine fut posée là, au milieu de la capitale considérée comme celle de l'élégance, mais d'une élégance qu'elle ne voyait pas, et d'hommes français dont on lui avait dit qu'ils étaient romantiques, mais qui le cachaient bien. Certaine d'embrasser un jour un beau jeune homme près du Pont-Neuf sur un fond sépia, elle se retrouvait, en attendant, à écarter les jambes dans la chambre 116, pour des vieux pas très ragoûtants, en maudissant les affiches et les agences de voyages qui lui avaient vendu de la mouise dans un *package* en argent. Même Air China en prenait pour son grade.

Qing Yijia se faisait appeler Line. Elle connaissait tout le monde et discutait pendant des heures avec les filles du quartier dans son français maladroit, fleuri, appris sur le trottoir, pour combler, par tous les moyens, cette solitude de l'expatriée qui ne se plaint jamais et oublie dans le travail et ce qu'elle était et ceux qu'elle a quittés, en rêvant encore un peu à ce jeune homme qui l'emportera loin de la fureur et des vices que personne ne s'évertue plus à cacher.

Certaines filles avaient choisi le métier. D'autres s'y pliaient par nécessité. Certaines le faisaient avec désinvolture, d'autres avec un zèle à rendre jaloux un contrôleur des impôts. Certaines le vivaient très mal, d'autres très bien. C'était un boulot comme un autre. Je l'exerçais correctement, honnêtement, avec une placidité de marbre. Je faisais mes horaires et ce pour quoi j'étais payée – rien de plus, rien de moins. Certaines collègues y allaient de leur petite touche personnelle, parfums, huiles, aphrodisiaques. Elles prétendaient donner du rêve. Moi, j'étais payée pour faire ce que l'épouse refusait, pour résoudre les conflits identitaires par l'acte, pour rigoler entre copains, pour essayer une nouvelle monture. Je n'éprouvais ni le besoin ni l'envie de mettre du baume au cœur ou de la crème dans les épinards : on s'offrait le cul de la crémière, je n'allais certainement pas fournir le beurre avec ! Je ne me détestais pas dans cette vie, je ne m'adorais pas non plus, n'en déplaise à certains psychologues de comptoir. Les clients glissaient sur moi comme autant de petites brises et je n'en sortais ni défaite ni grandie, un peu courbaturée parfois et pressée toujours de terminer ma journée pour retrouver le calme et la solitude de mon petit cahier, bien au chaud dans la chambre 119.

Les choses commencèrent à changer lorsque j'eus la certitude de porter en moi un petit être en devenir. Comme je l'ai déjà dit, ce ne fut pas vraiment une surprise, car l'intuition qu'un peu de Camille s'était posé en moi ne m'avait pas quittée depuis cette nuit-là. Quand même, de le savoir là, comme ça, indépendant et pourtant si proche, avec de petits doigts bientôt, de petites oreilles, de petits pieds, un petit lui, un tout petit moi, cela me fit un choc. Comment était-il possible que moi, Anna-Marie Caravelle, qui, jusqu'à maintenant, n'avais rien accompli, je sois capable de donner la vie ? Par quel miracle mon corps était-il bon à autre chose que l'épreuve que je lui imposais chaque jour ? La maternité, pour une fille comme moi, pour toutes les autres certainement, ce n'est pas anodin. Un enfant, car c'est bien le nom qu'il faut lui donner, vous change, de fond en comble et tout de suite. Le plus étrange, c'est cette sorte d'amour qui vous submerge et auquel vous ne comprenez rien, cet amour pour un amas de cellules qui ne dit rien encore, mais dont vous savez qu'il dépend déjà aveuglément de vous. D'ailleurs, est-ce bien lui que l'on aime ? N'est-ce pas plutôt cette partie de soi, capable de ce tour de magie qui nous enivre et nous rend fière ? J'eus beau lutter de toutes mes forces pour ne rien éprouver, surtout pas de l'amour, ce fut plus fort que moi. Anna-Marie, les attaches ne t'ont jamais fait de bien, tu te souviens ? Je ne voulais pas l'aimer, pour lui comme pour moi. Et pourtant. Pourtant, j'avais envie de devenir mère.

Je n'étais pas innocente, je savais que mes jours dans le commerce des corps étaient comptés. Ainsi, dès que la nouvelle tomba, je ne fis plus que ça, commençant ma journée de travail la première, terminant la dernière, pour faire le plus d'argent en un minimum de temps et assurer nos arrières. J'étais désormais « nous » et je devais agir en conséquence. Tandis que j'essayais de cacher au monde un ventre de plus en plus rond, j'économisais le moindre sou et rangeais soigneusement mes billets, le fruit de mon travail, dans une belle boîte de bois précieux, cadeau d'un drôle de mec en perdition. De cette façon, au bout de plusieurs mois, j'obtins un pécule conséquent qui me permit de m'arrêter tout à fait, sans crainte de manquer de quoi que ce soit.

Évidemment, les spéculations sur mon état étaient légion et les plus immorales d'entre nous me regardaient de travers, la présence d'un enfant étant mauvaise pour l'image de toute bonne prostituée. Avec mon gros ventre, je rappelais à celles qui se vendaient et à ceux qui consommaient du corps comme on achète une pièce de bœuf au boucher que la vie naît même dans les contrées les plus arides. Ah, s'ils avaient su, tous ceux-là, que mon bébé avait été conçu dans l'amour, comme leur regard aurait été différent ! Mais je ne me plaignais pas et m'arrangeais pour moins sortir encore et, ainsi, préserver la petite entreprise des collègues.

Enceinte de plus de sept mois, je pénétrai dans la chambre 120 avec la ferme intention d'y faire le grand ménage : là, j'époussetai, balayai, aérai, secouai les draps, désodorisai, aérai encore, tentai de rendre la pièce aussi neutre que possible avant de la fermer à double tour et de restituer son bien à la Mère Mac. Elle m'accueillit froidement, sans même un regard :

— Ça y est ? On fait de la place pour le mioche ? Bon, et la 119, elle la garde ?

D'un signe de tête, j'acquiesçai – ce qu'elle ne vit pas, puisqu'elle ne daigna pas lever la sienne. Elle insista d'un air agacé tout en griffonnant énergiquement un vilain dessin devant elle.

— Mmh ?

Il n'y avait rien à faire, cette femme m'impressionnait toujours. Aussi répondis-je timidement, en tentant de cacher ma gêne :

— Euh, oui. Enfin, si c'est possible.

À ces mots, la maquerelle posa son crayon, souleva sa lourde tête et, comme à son habitude, approcha son museau du mien.

— Tant que tu paies, tu peux la garder, ta piaule. Tu vas pouvoir payer, hein ? Maintenant que t'as choisi ta voie...

— Oui, oui, ne vous inquiétez pas pour ça, madame Baptiste, j'ai mis pas mal d'argent de côté.

— Dans ce cas, y a pas de souci. Par contre, quand le petit sera né, il faudra voir pour aller ailleurs. Tu sais que c'est pas un coin pour un gosse, ici. Et puis, les filles, elles jaseraient et elles te rendraient la vie impossible.

Cette dernière phrase avait été prononcée sur le ton du conseil. Cette femme ne me détestait donc pas autant qu'elle le laissait paraître. Peut-être même était-elle habitée par des sentiments. En tout cas, je me plus à croire qu'elle me comprenait. Au bout d'une demi-année de quasi-solitude, j'avais besoin, malgré moi et bien plus que je ne l'aurais voulu, de me convaincre que je n'étais pas complètement seule en ce monde. Je lui répondis que je réfléchissais justement à une solution pour la suite.

— Tu veux en faire quoi, après ?

La pointe et la tournure me transpercèrent le cœur : ce « en » aurait pu être n'importe quoi, un poireau ou une brique de lait, une merde de chien ou un crâne d'alouette, mais la vérité y demeurait tout entière. Qu'est-ce qu'on « en » fait, après ? Qu'est-ce qu'on est censé « en » faire, après ? Si étonnant que cela puisse paraître, je n'y avais pas vraiment pensé. Un peu, bien sûr, rapidement, mais dans un monde idéal, comme une vie dans laquelle nous ne serions que tous les deux, où la seule chose contre laquelle je devrais protéger mon enfant serait sa propre mère et les démons qui vont avec – ce qui n'était déjà pas une sinécure. Seulement, cet enfant-là allait grandir et voir ailleurs s'il y serait. Et le moins que l'on puisse dire, c'était qu'il ne partait pas du bon pied. Alors, qu'est-ce qu'on « en » faisait, après ?

Cette question me mit la tête à l'envers et pas une minute ne passa, dans les jours et les nuits qui suivirent, sans que je me demande ce qu'il allait bien pouvoir advenir. Oui, apparemment, j'allais donner la vie. Oui, visiblement, j'allais être maman. C'était terrible. Devant les difficultés à venir, je ne l'aimais plus. Et je me détestais, forcément. J'avais peur. Et puis ma mère qui, toutes les nuits, s'introduisait dans mon esprit et me sommait de mettre un terme à cette mascarade en me soumettant les scénarios les plus propices à une fin rapide : chute dans l'escalier, couteau dans l'abdomen, séance de boxe contre le lavabo, pile à la bonne hauteur – elle pensait à tout.

Tu vois, Anna, maman est là, elle veille sur toi… Je refusais maintenant de dormir pour ne plus voir ces infanticides qu'une main habile me poussait à commettre. *Et ce gosse,* continuait-elle, *fils de ton Ange Pourri…* Je souffrais de partout : du dos, du ventre, du cœur, de l'âme. Je ne savais plus.

Chapitre 28

Deux mois plus tard, dans la chambre 119, des douleurs abdominales, diffuses d'abord, furieuses bientôt, régulières, prévisibles, m'apprirent, dans un instinct aussi vieux que le monde, que l'enfant allait paraître. Et c'est dans une baignoire souillée que la petite fit son entrée dans le monde, au fond d'un hôtel de passe du quartier chaud de la capitale, avec pour seul comité d'accueil une femme lasse, en nage, ouverte par le bas, incapable d'autre chose que de regarder ce rôti rose, bleui par une sortie difficile, hurler sa première bouffée d'air. J'ai accouché seule, ou presque, en tentant d'échapper aux mains froides et décharnées de ma mère et de Moni, prêtes à agripper le nouveau-né pour le balancer par la fenêtre. J'ai mis cet être au monde sans aucune aide, parce que personne ne m'en a proposé, et parce que j'aurais, de toute façon, refusé. Cette enfant était mon affaire. Accepter que quelqu'un nous accompagne dans cette nouveauté serait revenu à concéder à d'autres une part de notre intimité et, par là, à établir un lien que je ne désirais pas.

Très vite, je repris mes esprits et posai l'enfant contre ma peau. Le contact de ce petit corps chaud pas très net et vibrant de vie m'apporta son lot de sentiments contradictoires. J'étais heureuse de l'avoir fait, et de l'avoir fait seule : cette victoire n'appartenait qu'à moi. Je l'aimais, cette petite chose molle et avide de tout, mais d'un amour que l'on soupçonne sans le nommer, d'un amour qui se tait encore au milieu du chaos d'un accouchement solitaire. Mais les grandes effusions, la rencontre magique de deux regards qui ne se quitteront plus, l'instinct de protection envers et contre tous, tout ce dont on nous rebattait les oreilles, rien ne se produisait. Pour tout dire, à ce stade, cela me semblait relever de la fadaise, de la connerie pour femelles en quête de légitimité. Je ne lui voulais aucun mal, mais je ne lui voulais aucun bien. En fait, je ne lui voulais rien, tant j'avais peine à croire que cette enfant était ma fille, la chair de ma chair, le fruit de mes entrailles. Tant que cette créature avait logé dans mon utérus, elle n'avait été qu'un appendice, dont j'attendais qu'il s'extirpe un jour pour mener une existence indépendante. Improbable, oui. Lointain. Pas si proche. Je n'étais pas préparée. Mais comment se préparer à quelque chose que l'on ne connaît pas ? Or, elle était là, sur moi, à la recherche de je ne sais quoi, ma fille. Camille, comme son père, une évidence. Avec une tache sur le visage, comme sa mère. Elle était l'addition de cet amour mal cuit. Elle était lui et moi : elle portait son nom, elle portait ma marque.

Lorsque Camille vint au monde, je n'avais rien prévu quant à notre avenir. Ma vie allait très prochainement devoir changer, bon gré mal gré. Mais, épuisée par une journée de douleurs et une délivrance dont je n'étais pas certaine qu'elle en fût vraiment une, je décidai de remettre à plus tard les questions qui fâchent. Et ce n'était pas de la mauvaise volonté, croyez-moi. Les filles de l'hôtel y étaient toutes ou presque allées de leurs conseils, plus ou moins judicieux. Certaines prônaient l'abandon pur et simple, quand d'autres qui étaient déjà « passées par là » suggéraient de confier le paquet à la famille. Enfin, les plus cyniques – et qui n'étaient, je l'espère, jamais « passées par là » – insinuaient à demi-mot et à coups de métaphores qu'un bébé non désiré était une plaie pour tous et qu'ils faisaient de jolis anges. Les arguments de mes collègues me donnaient du grain à moudre. Le garder, ou pas. Le donner, ou pas. Le tuer, ou pas. Je devais, à tout le moins, me prémunir contre une tendresse envahissante, au cas où. Me protéger. Ne plus souffrir. Jamais.

Quand bien même, en dépit de mes allers-retours au pays de l'incertitude, cette enfant emmitouflée dans une couverture devait manger. Je n'étais pas un monstre, je ne l'avais jamais été, et j'avais un certain sens des responsabilités. Je donnais le sein à ma petite Camille, qui enfournait goulûment la matière blanchâtre sans se préoccuper le moins du monde de la femme à laquelle appartenait ce téton. La confiance de cette enfant me fit sourire, malgré moi. Rassasiée, elle s'endormit dans mes bras. Doucement, je la déposai près de moi sur le lit, du côté du mur, pour éviter qu'elle tombe. Point de sommeil cette nuit-là. Je la regardai dormir, n'osant respirer de peur de la réveiller, mais avec déjà l'impatience naïve d'une petite fille de voir s'éveiller le Divin Enfant. Quelques heures avaient donc suffi pour que la magie – blanche ou noire, allez savoir – opère : ces petites mains, ces petits pieds, cette minuscule arête de nez, ces petits bruits lancés au milieu de la nuit, ces bras écartés dans une attitude de parfaite innocence. Camille m'avait conquise. Pis, elle avait eu raison de mes résolutions. Je l'aimais d'un amour de ventre à ventre, intestinal, et je n'y pouvais rien. Je ne pouvais détacher mes yeux de cet être tranquille, ou retirer mon doigt de son poing serré ; je ne pouvais m'empêcher ni d'écouter sa douce respiration enchanteresse, ni de sourire lorsqu'elle-même souriait aux anges. Camille me comblait d'une chose indéfinissable qui m'avait toujours fait défaut : une félicité sans contrepartie, un bonheur sans attente, la certitude d'être au bon endroit au bon moment. Je n'en avais pas demandé autant ; je n'avais même pas fait exprès.

Les jours qui suivirent, je calquai mon rythme sur celui du nouveau-né : je dormais lorsqu'elle dormait et je m'éveillais lorsqu'elle réclamait à manger. La vie était simple, alors. Puis, trop vite, l'exaltation de cette osmose parfaite laissa place à une sourde inquiétude : sa survie, son bonheur, son développement devinrent mes priorités. Comment faire pour que cette petite eût une chance de s'en sortir, elle qui n'avait rien voulu ? Je n'avais plus beaucoup d'argent et j'allais devoir reprendre mes activités. Mais je refusais qu'elle y fût mêlée, car je sentais combien cette chambre risquait de la sceller à un sordide destin. La vérité était là, toute nue : je n'avais à proposer à mon bébé qu'une existence peu glorieuse qui serait, tôt ou tard, entachée par le sang que sa mère portait sur les mains. Car, de cela aussi, il était question. Personne, jamais, ne m'avait demandé de comptes pour les forfaits que j'avais commis. Miracle ou incompétence de certains fonctionnaires ? Peu importait ; le fait est que les miracles finissent toujours par se savoir et que les incompétents sont remplacés par d'autres, plus malins, plus forts, plus intuitifs ou plus chanceux. Il me fallait donc trouver une solution rapidement, avant que l'inconfort devînt insupportable. Je devais protéger Camille, quitte à en souffrir un peu, si ce n'est beaucoup. Et tant pis si j'ai dit le contraire plus haut, il n'y a que les cons qui ne changent pas d'avis.

Une solution s'imposa avec la force d'un orage inouï : Camille, son père. Il ne pourrait rester insensible devant ce petit être. Lui saurait quoi faire, à coup sûr. Il m'avait déjà sauvée, rien ne l'empêcherait de me sauver à nouveau. Pour l'amour de nous, pour l'amour de celle qu'il avait conçue.

Je confiai ma fille à Qing Yijia, le temps de prendre quelques renseignements sur ce qu'il était advenu de mon Ange Blond. Par chance, j'étais très intuitive. Ou aidée par des démons qui s'évertuaient, cette fois, à me rendre la vie possible, comme pour se racheter. La tache qui, jadis, me couvrait une bonne partie du visage avait pratiquement disparu depuis la naissance de mon enfant ; j'étais devenue presque jolie. Les portes s'ouvraient désormais devant moi, pleines de promesses. J'étais fière du chemin parcouru. Je savais que l'Ange Déchu, déçu, était rentré chez lui, poussé par un instinct de survie, et je savais aussi, parce qu'il me l'avait dit, où habitaient ses parents. Par bonheur, j'avais une excellente mémoire.

Mon idée était simple comme bonjour : confier mon enfant à son père, lui faire ce cadeau, assurant du même coup à ma Camille un avenir radieux et à l'Ange Blond une occasion de se racheter. Oh, bien sûr, pas toute la vie. Ma fille étant devenue ma raison d'exister, quelques années de labeur suffiraient à me rendre respectable, quelques années à l'issue desquelles je retrouverais mon enfant. Je la voyais d'ici, comprenant mes choix et m'acceptant telle que je m'offrirais à elle, me reconnaissant entre toutes, courant vers moi. Mais, sans le soutien de son père, je ne pouvais rien. Camille, ma fille, me détesterait comme elle détesterait sa vie, essaierait d'arracher cette tache qui la reliait à une mère indigne, et la mort aurait raison de l'une de nous. En dépit des bons sentiments qui avaient suivi sa naissance, je n'étais pas naïve au point de croire que jamais, elle et moi, nous ne tenterions de nous entre-tuer. Ce sont des choses qui arrivent aux personnes qui s'aiment trop ou ne s'aiment pas assez, quand la frustration vient vous grignoter le cœur. Même à une mère et sa fille. Surtout, en fait, à une mère et sa fille. Non, décidément, ce serait mieux ainsi, elle chez lui, moi chez moi, travaillant à faire de ma vie, de nos vies, des objets présentables et socialement responsables. Tout avait été mûrement pensé, posé, pesé, et rien, désormais, ne pouvait me faire changer d'avis.

Avant tout, je devais m'assurer que l'existence de l'Ange Blond correspondait à l'idée que je m'en faisais. Après avoir réussi à attraper par-ci, par-là les renseignements dont j'avais besoin, je m'arrangeai pour connaître les habitudes de ma quasi-belle-famille. Jour après jour, à heure fixe, je confiais Camille à Qing Yijia, sans rien dire, prenais le métro, puis le RER, descendais inlassablement à la même station, marchais jusqu'à la grille noire qui cachait mal une maison cossue à la façade claire et au jardin ombragé, m'abritais derrière un arbre ou une voiture pour me rendre invisible et attendais patiemment que les habitants de la demeure, qui devait coûter un bras, daignent sortir, entrer et vivre leur vie devant mes yeux curieux.

C'est ainsi que je devinai le grand-père de mon enfant, plus voûté et marqué que je ne l'avais imaginé. C'est ainsi que je découvris son épouse, petite femme discrète au visage rigoureux, joli et poli, à la blondeur entretenue et à la silhouette sèche. C'est ainsi que je rencontrai, sans rien dire, la fille et le fils, respectivement sœur et frère de

Camille : elle, portrait craché de sa mère, traînant derrière elle ses marmots imbéciles, élevés au grain et en plein air, pas beaucoup plus fins que des poulets fermiers ; lui, jeune politicien dynamique, toujours pressé, souvent mal luné, parfaitement « froqué », mais l'air arrogant d'un incapable au carnet d'adresses fourni. Et je redécouvris Camille, mon Ange.

Les mois avaient passé, neuf pour être exacte, et mon artiste maigrichon, fou d'amour pour un scélérat, s'était transformé en un jeune homme élégant, de bonne famille, sans histoire, calme, sûr de lui. Ce changement m'intrigua ; je pris la liberté de piocher dans le courrier familial. Sa lecture m'apprit que Camille avait été placé dans un ministère par son frère et son père, en tant que chargé de mission. Cette nouvelle piqua mon cynisme à vif. Quoi, celui qui refusait de prostituer son âme avait trouvé un maquereau plus fort que lui ? Cette société qu'ensemble nous « conchiions » n'était visiblement pas avare d'ironie puisque, non contente d'embringuer les plus réfractaires en son sein, elle prenait un malin plaisir à les mettre aux commandes. Décidément, on se foutait vraiment de la gueule du monde. Finalement, qui, de Camille ou de moi, était la vraie pute ?

Quoi qu'il en soit, je dus me rendre à l'évidence : entre lui et moi, il n'y avait pas photo, notre enfant devait passer de l'autre côté de cette grille noire.

L'aurore a fini par avoir raison de tout ce gâchis et une lumière rose commence à tamiser l'onirique place du Panthéon. La femme serre son sac contre son corps. Des larmes s'échappent de ses yeux fatigués. Son visage est pâle et son regard est cerné. Elle s'apprête à lui dire adieu. Elle n'arrive pas à lâcher prise. Elle devrait, mais elle n'y parvient pas. C'est trop dur. À l'intérieur du baluchon, tout s'entremêle et se fait toujours plus lourd. C'est ici que tout prend fin. C'est maintenant que tout commence.

Chapitre 29

Je mis quelques jours à échafauder un plan : oui, je devais confier mon enfant à son père ; oui, j'étais certaine qu'il ne resterait pas insensible à ce bout d'amour ; oui, j'étais sûre que cela allait fonctionner. Pour autant, je devais trouver la bonne façon, le meilleur moyen de provoquer l'événement en ménageant les sensibilités. Apprendre que l'on a un enfant, du jour au lendemain, ce n'est pas évident. Finalement, je décidai de laisser le bébé devant la grille et de le garder à vue jusqu'à ce que le cœur du père fonde devant le visage innocent de la fille. Il ne pouvait pas en être autrement.

Au jour dit, je préparai soigneusement tout ce dont le bébé avait besoin : biberons, langes, changes, lingettes, doudou. Chaque objet qui venait se placer dans le sac était autant de larmes de résignation. Ma Camille, vêtue d'une grenouillère blanche, dormait d'un sommeil tranquille. Passant ma main sur son doux visage, tentant par là de lui envoyer tout l'amour dont j'étais capable, je lui murmurai que tout se passerait bien et que sa maman serait toujours là, quelque part, près d'elle. Son silence, que je pris pour de l'acceptation, me consola un peu. La douleur que je ressentais était nouvelle : il n'y avait ni haine, ni blessure, ni couteau ; il n'y avait ni mal lancinant, ni passion anarchique, ni pulsion. Juste une souffrance calme, stoïque, un vide intersidéral, une fin du monde contre laquelle on ne veut pas lutter.

Une fois que tout fut prêt, je regardai machinalement par la fenêtre. Dehors, la vie continuait : le temps était au gris, mais, par chance, la pluie ne semblait pas être au programme. Je jetai un coup d'œil à mon réveil, sur la table de nuit : l'heure du départ approchait et, si je ne voulais pas rater l'Ange Blond, dont j'avais minutieusement étudié les horaires lors de mes séances d'espionnage, il n'allait pas falloir trop tarder. Nous avions de la route à faire.

Doucement, pour ne pas réveiller le bébé, je posai sur ce petit corps confiant une couverture rose et, lentement, je soulevai le joli berceau en osier. Dans la foulée, j'oubliai d'enfiler ma veste. Peu m'importait, au fond, puisque je ne sentais plus rien. Je sortis de la chambre, fermai la porte, descendis l'escalier du couloir dont l'aspect vieillissant n'avait pas changé, croisai la Mère

Mac, qui s'arrêta un instant sur le Divin Enfant, puis passai la porte de l'hôtel *À la fleur de Pigalle*, m'engouffrai dans la station de métro et arrivai à destination. Camille avait dormi pendant tout le trajet ; il ne m'avait paru durer qu'une minute. Pas eu le temps d'en profiter suffisamment. Pas eu le temps de contempler ma fille. Pas eu le temps de réfléchir encore à ce que j'avais bien pu oublier. Pas eu le temps de me demander s'il n'y avait pas d'autre solution. Pas eu le temps de revenir en arrière ou de rater la station de RER. À peine eu le temps de respirer, en fin de compte.

Nous arrivâmes en tout début d'après-midi devant l'imposante grille de la maison de ceux qui, socialement, avait tout compris. Le temps, visiblement plus clément dans cette banlieue embourgeoisée, était ensoleillé. Au prix du mètre carré, c'était la moindre des choses. Vous avez remarqué, vous, combien la lumière du soleil paraît plus audacieuse dans les banlieues proprettes que sur les tours HLM des cités cages à lapins ? Enfin, moi, je dis ça, je dis rien.

Nous arrivâmes, donc, en tout début d'après-midi. La rue, déserte à cette heure, était figée et attendait, patiemment, la fin du repas – bio, équilibré, cuisiné – des gens bien. Au loin, des vrombissements de moteurs faisaient ronronner le pavé. Pourtant, le monde n'existait plus. Anéantie, abasourdie, me déplaçant comme un automate, je fis, mon colis à la main, le tour du pâté de maisons, sans raison, avant de me retrouver de nouveau devant la grille, immobile et peu accueillante. Elle était là, face à moi, sorte de sas entre deux mondes, imposante, immense et semblant s'agrandir toujours. Même, elle se déformait, ouvrait sa gueule affreuse, réclamait des enfants à manger et tonnait qu'elle saurait engloutir les dissidents. Cette porte de fer, noire, sans faille, était contre moi. Tout, ici, était contre moi. Ma fille, ma jolie petite fille, allait-elle seulement survivre à cet univers de folie furieuse, de belles bagnoles, de joints et de non-dits ? La fièvre me gagnait et je dus m'asseoir sur le banc situé juste en face, ce banc qui ne me connaissait que trop bien. Camille commençait à s'éveiller. La pauvre enfant allait bientôt avoir faim. Je devais, par conséquent, faire vite.

Assise, je reprenais peu à peu mes esprits, malgré des bouffées de chaleur envahissantes et un léger tournis. Malaise en vue. Une raison de plus pour m'activer. De mon sac à main, je sortis une carte en bristol rose et un stylo bleu. J'écrivis un court message à l'adresse de l'Ange Blond afin qu'il sache qui était l'enfant qu'il élèverait, puis je déposai la feuille sur le berceau. Je pris une grande bouffée d'air, me levai, soulevai le panier d'osier, m'apprêtai à traverser, regardai à gauche, regardai à droite, traversai effectivement, posai mon fardeau, mon bonheur, au pied du portail démesuré, et couvris de baisers les yeux, le front et les mains de ma raison de vivre qui, comprenant peut-être ce qui se jouait, exprimait enfin son désaccord vivace par des pleurs qui me transperçaient comme des lames glacées. Tremblante, je la suppliai de se taire par des « chut » longs et sifflants, tellement inutiles face aux remous des âmes et des sens. Après lui avoir un peu caressé la joue, je me relevai, repris ma taille adulte et m'éloignai, en lui adressant de petits signes d'une main et en essuyant l'écume de mon visage de l'autre. Me retourner, présenter un dos à cette enfant abandonnée, était au-dessus de mes forces. Aussi marchai-je à reculons sur une dizaine de mètres qui me parurent des kilomètres. Puis je me cachai derrière une voiture en stationnement.

L'attente dura de longues minutes – des siècles, assurément. Ce n'était pas possible de souffrir autant, pas humain de supporter une si vive douleur. On devrait pouvoir mourir avant, pour se prémunir de ça, sur commande – un bouton-poussoir à activer si besoin, juste au cas où. J'avais foutrement mal partout. Camille, maintenant, hurlait sa faim et ma peine. Ses cris stridents résonnaient dans ma tête et me donnaient envie de m'enfuir. Dans un ultime élan, je me bouchai les oreilles et fermai les yeux aussi fort que je pus, afin de conserver un semblant de raison. Sauf que mes idées fichaient le camp. Ma mère était partie un peu comme ça, elle aussi. Mon Dieu, mon Dieu, mon Dieu…

Soudain, dans la belle maison, une porte claqua et la lourde grille se mit en branle. Mon supplice se mua en un insoutenable suspense. Quelqu'un sortait. Camille, l'Ange Blond. Ça y était. On y était. Élégant, coiffé, certainement parfumé, Camille marchait la tête haute, souriant et heureux. Très vite, les pleurs de l'enfant parvinrent à ses oreilles. Il chercha d'où pouvaient venir ces hurlements, puis baissa le regard pour tomber sur l'enfant qui l'attendait, comme un don du ciel. Il releva les yeux, passa en revue les alentours et, timidement, s'approcha du berceau. D'une main, il défit la couverture, observa sa fille et saisit la carte pour la lire. Pendant ce temps, témoin de la deuxième naissance de mon bébé, subissant mon impuissance dans tout mon corps et dans toute mon âme, je crevais. Et si ? Et si ? Et si ?

Après avoir hésité quelques secondes, le bristol à la main, Camille ouvrit sa veste anthracite et sortit un stylo de sa poche intérieure. Il écrivit quelque chose sur la carte, la remit à sa place sur le berceau, recouvrit le bébé, s'appesantit quelques instants pour caresser l'enfant et s'en alla, laissant le panier où il était, et sa fille qui, d'amour sûrement, ne pleurait plus. N'y tenant plus, je bondis et criai à Camille, qui s'enfuyait :

— Ta fille ! C'est ta fille !

Sans un regard, l'Ange décidément Déchu pressa le pas et repartit vers sa vie confortable. Il nous abandonnait. Il ne nous aimait pas. Ou alors, nous lui étions égales. L'indifférence est un mépris gigantesque.

Passé la surprise, l'incompréhension fit place au soulagement rose bonbon de retrouver mon Divin Enfant. La petite s'était rendormie. Je me rappelai que Camille avait écrit quelque chose sur le carton qui avait glissé dans le coin de la couverture. Je saisis le bristol et lus. Les bras m'en tombèrent. J'avais écrit :

Camille,

Je te présente Camille, ta fille. Elle a besoin de toi, pour le début au moins. Ne la rejette pas, elle te ressemble. Elle est tout ce que j'ai, mais je te la confie, pour ne pas gâcher sa vie et rendre la tienne plus agréable. Prends-la dans tes bras et tu verras combien tu l'aimes déjà.

Ton Anna

Et lui avait répondu :

Un prêté pour un rendu. À la mémoire de Tolstoï.
Bien à toi, rien que pour toi.
Camille, qui ne se souvient déjà plus très bien de toi

Un frisson horrible me parcourut l'échine tandis que je touchais ma Camille. Rien, pas l'once d'une respiration. Il venait de me la tuer.

Chapitre 30

Il avait assassiné mon enfant. L'Ange Déchu avait aboli mon bébé. Il m'avait abolie. Il m'avait effacée. Il m'avait niée. Rien, je n'étais plus rien. Je n'étais plus consciente, plus vivante, plus rien. Je n'avais plus de pensée, plus d'idée, plus de sens, plus de sang, plus de tête, plus de tripes, plus de jambes. Je n'avais plus rien. Plus de souffrance non plus. Trop donné déjà, sans doute. Je restai les bras ballants, ne sachant que faire de ma peau, ne me demandant d'ailleurs pas quoi en faire, idiote, imbécile, mon humanité foutant le camp devant le petit corps inerte dont l'âme avait préféré s'échapper de cette merde noire. Vide. Vidée. Brise. Brisée. Bébé qui dort, qui dort encore, encore et toujours, puis qui part, vole, me survole, voudrait tant m'envoler. Et moi, moi, les deux pieds désespérément cloués au trottoir, l'image à jamais gravée dans ma peau.

J'embrassai ma fille, la suppliai de me pardonner : « Pardon, pardon, lui dis-je, je ne voulais pas, je ne pensais pas. Pardon mon cœur, pardon mon trésor, pardon mon bonheur. Pardon de n'avoir rien compris. Pardon de ne jamais rien comprendre. Dis-moi, continuai-je, dis-moi que je n'étais pas une mauvaise mère. Dis-moi, insistai-je, dis-moi que ce n'est pas moi qui t'ai fait ça. » Et la pauvre enfant, immobile, endormie jusqu'à la fin des temps, ne disait rien, elle qui jamais n'aurait l'occasion de prononcer une seule parole. Alors, avec mille précautions, je la pris dans mes bras et la serrai. J'aurais tellement voulu qu'elle entre à nouveau en moi pour tout recommencer, de zéro, et nous donner une seconde chance. Mais c'était impossible : elle resterait elle, je resterais moi, et séparées nous serions à jamais. Tendrement, enfin, je la reposai dans le couffin, en murmurant un doux « Chut, voilà, voilà », comme si un espoir stupide pouvait suffire à la faire gémir, rien qu'un peu, une dernière fois.

Mon baluchon sur le dos, le lit en osier dans les bras, je m'éloignai de cette maison maudite dont pas un des habitants de cire n'avait bougé. Marchant sans but, abrutie, anesthésiée, sourde et aveugle, je me retrouvai au bout d'un moment dans un parc ombragé. À mes pieds, un pigeon blessé recroquevillait sa carcasse. Je le ramassai et le posai délicatement sur le berceau. Exténuée, à bout de souffle de cette existence vandalisée de pourriture, je posai mon bébé mort ainsi que mon sac de couches et de biberons désormais inutiles, et je m'assis sur un coin d'herbe fraîche où je restai immobile, les yeux clos, regardant au-dedans. Après plusieurs heures que je ne sentis pas, deux employés de mairie vinrent me signifier que le parc était sur le point de fermer ses portes – une façon polie de me demander de me barrer. Je me barrai, donc.

À contrecœur, je repris ma déambulation. Cette marche forcée me conduisit jusqu'à un petit banc, flanqué d'une double poubelle, jaune d'un côté pour le plastique et le carton, vert de l'autre pour tout le reste. Je m'assis là et restai jusqu'à la nuit. De sourdes angoisses commençaient à poindre au creux de mon estomac. Afin de me rassurer et de les combattre un peu, j'entrepris d'ouvrir le sac et de contempler les petites affaires qu'il renfermait. Avec minutie, je sortis les objets un à un, les langes, les pyjamas, les bodies, les biberons, et les disposai par terre, devant moi, avec la rectitude d'un organisateur d'exposition. Un rapide coup d'œil au couffin m'apprit que le pigeon avait trépassé. Ma fille ne serait donc pas seule sur ce coup-là. Soudain, un bruit derrière moi me fit sursauter. Aussitôt, je me retournai et crus apercevoir la silhouette fantomatique de ma mère. Elle voulait ma fille, c'était évident. Je devais la protéger coûte que coûte contre cette vilaine tortue. Non, elle ne me la prendrait pas, l'abominable folle ! En toute hâte, j'attrapai les objets de puériculture et, paniquant, les balançai dans la poubelle toute proche, saisis Camille, la couchai tant bien que mal au fond de mon baluchon vide, enfournai le pigeon crevé, fermai le tout et pris mes jambes à mon cou, courant comme une forcenée, mon sac de mort à l'épaule, en laissant derrière moi la couverture rose et le couffin vide. Au bout d'un moment, je m'arrêtai et regardai en arrière : personne, l'abominable sorcière était semée. Ouf.

La gare de RER, toute proche, m'accueillit de sa porte à battants. La lumière blafarde des néons jaunes donnait aux voyageurs fatigués une teinte verdâtre et une allure creuse. L'ambiance générale n'était pas à la noce. Une bande de jeunes loups à casquette était occupée à terrasser un distributeur de boissons rouge et blanc, apparemment très tenace. Les autres voyageurs, eux, montraient un visage fermé et un corps trop raide ou trop mou pour paraître tout à fait naturel. On aurait dit qu'une chape de plomb s'était abattue sur cette station de banlieue ou qu'une catastrophe atomique venait d'avoir lieu et que les victimes, locataires involontaires de corps désormais malsains, hésitaient entre débordement d'aliénés et abattement de morts-vivants. Inutile de préciser, donc, que, dans cette station qui sentait l'extermination d'une espèce, je ne fus pas, d'emblée, très à l'aise, tout comme l'immense majorité de mes compagnons d'infortune, galériens nocturnes d'un train en perdition. Tenant fermement mon baluchon, je pris place tout au fond de la salle d'attente, à gauche, et levai ponctuellement le nez vers le tableau compliqué des horaires. Le prochain train pour Paris était dans vingt-cinq minutes – une éternité dans cet univers de transition cafardeux. La vérité était que je ne savais pas où aller. J'étais libre de mes mouvements, oui, mais ma liberté s'arrêtait là où commençait l'injonction de trouver une sépulture digne de mon enfant avant que la pourriture n'entame son office. Le temps m'était compté.

J'avais posé mon sac sur les genoux et je promenais mes doigts sur la surface. À travers le tissu d'une qualité contestable, je sentais les formes des corps minuscules, l'oiseau se confondant avec l'enfant pour, qui sait, lui donner ses ailes.

Finalement, le panneau nous informa que le train tant attendu était « à l'approche ». Aussitôt, comme un seul homme, les voyageurs se levèrent et se dirigèrent vers le quai en file presque indienne, dans un calme ordonné et olympien, minuscules fourmis dociles. L'air froid du dehors sembla vivifier mes camarades, qui reprirent une allure volontaire. Je n'échappai moi-même pas à la règle puisque l'idée du Panthéon vint me frapper le crâne à ce moment précis. Et c'est presque heureuse d'offrir à ma Camille une fin honorable que je montai dans ce train qui m'emporta vers la Ville lumière.

Les banquettes marron du bout du wagon, un peu isolées, exhalaient une odeur vaguement rance. Mon sac dans les mains, j'allai m'y asseoir. La perspective d'être à nouveau seule, loin – un peu – de mes congénères, me procura une sensation de bien-être exquis. J'avais, de plus, le sentiment presque oublié et pas désagréable d'être attendue quelque part, d'avoir, en quelque sorte, rendez-vous au pied des marches de la dernière demeure des Grands Hommes. Assise, le baluchon sur les genoux, je laissai ma tête s'appuyer mollement contre la fenêtre et tentai d'apercevoir un paysage dont la nuit m'interdisait l'accès. Sans prévenir, des gouttes d'eau salée inondèrent mes joues et s'écrasèrent sur le sac de nylon. Je commençais mon deuil : ma fille, cette fois, n'était plus, et mes larmes impuissantes sonnaient comme un requiem.

Alors que le train s'apprêtait à repartir, trois hommes firent tout à coup irruption depuis l'autre extrémité du wagon en courant vers la porte, l'un d'eux tenant un téléphone portable et un portefeuille à la main. Un butin, certainement. Tandis que le premier s'élançait à toute vitesse pour retenir la porte, les deux autres arrêtèrent leur course devant moi.

— File ton sac. Dépêche, me lança le plus grand.

Je braquai mes yeux sur le ridicule orateur. Dieu sait ce qu'il y vit quand, du tac au tac, il dit à son pote :

— Bof, laisse tomber. Elle a pas l'air bien.

Les deux acolytes, flanqués de leur portier, levèrent le camp en deux temps trois mouvements, laissant derrière eux un tout jeune homme sanglotant de peur, délesté de quelques billets, d'une carte de crédit et d'un cellulaire, et une petite rouquine souriant jaune-orange en pensant aux têtes de déterrés qu'auraient affichées les courageux loubards en découvrant, après coup, la nature de leur prise : un enfant mort, dans un sac. Cela leur aurait fait les pieds, tiens, à ces malotrus !

Il était minuit onze lorsque le train me cracha, moi et quelques autres, sur le quai de la station Luxembourg. Après avoir arpenté quelques mètres inutiles, grimpé puis descendu des marches, la rue Soufflot s'offrit à moi, toute nue, couronnée en son sommet par le Graal, bâtisse immense et magnifique, promesse d'une glorieuse éternité, le cercueil de ceux qui comptent ou dont on pense qu'ils ont compté. J'avais gagné le droit d'y déposer mon enfant ; ma fille, celui de reposer à l'entrée. Camille, son père, rêvait d'accéder au Panthéon. Sa soif de gloriole l'avait remisé au rang de rat de gouttière. Quant à sa fille, victime innocente de la soif vengeresse et sans limite d'un homme fêlé et vendu, sacrifiée sur l'autel de la prédestination sociale et des amours blessées, elle n'avait rien eu à prouver pour réussir là où l'Ange Déchu avait échoué : sa place au Panthéon, elle, elle l'avait gagnée.

Chapitre 31

Je m'appelle Anna-Marie Caravelle et je suis née il y a un peu plus de vingt-quatre ans. Je viens de passer une nuit à écrire cette confession, par terre, en face du Panthéon. Je ne nie rien, je n'invente pas, je n'ai pas la science infuse, je ne suis pas parole d'évangile. J'ai mes torts et mes travers. J'ai fait des erreurs, j'ai parfois mal jugé et je me suis souvent trop emportée. Je voulais juste être heureuse. Je ne voulais pas être une fatalité. Je ne cherche pas à me trouver des excuses. J'ai rendu le mal pour le mal, parfois pour le bien, et j'ai, il est vrai, mal géré mes émotions. J'ai voulu me prémunir de souffrir, pour mieux prévenir mes rafales et protéger ceux qui, malgré tout, m'étaient chers. Mes fautes, je les ai payées bien plus cher, dans mon âme et dans ma chair, que la peine de prison la plus lourde, et je les expie un peu plus chaque jour.

Je m'appelle Anna-Marie Caravelle et le soleil se lève au-dessus de moi. La lumière du jour me caresse dans le sens du poil, mais je sais bien, au fond, qu'elle se moque de l'Affreuse Rouquine. Près de moi, Moni et ma mère m'observent de leurs yeux glauques. Ces deux-là m'attendent et elles me font peur. Max et Nathalie me regardent, eux aussi. Je ne suis pas seule. Je ne le serai jamais.

Je m'appelle Anna-Marie Caravelle et je m'apprête à déposer mon enfant dans mon barda au pied des marches du monument. Je dépose cet ange comme je dépose ma vie, espérant clémence et compassion. J'offre le cadavre de ma fille devant ce Paris qui se réveille et qui s'en fout.

Je m'appelle Anna-Marie Caravelle et, dans le jour naissant, je vais laisser par terre ce petit sac, mon trésor, et je vais partir, à la recherche d'autre chose, quelque part, car il doit bien y avoir quelque chose, quelque part.

Épilogue

Ce matin-là, très tôt, alors que le jour se lève à peine, deux femmes se croisent devant le lycée Henri-IV. L'une, rousse, petite, marche tête baissée d'un pas rapide. L'autre, grande, brune, en tenue de soirée, se déplace lentement, gênée par ses talons trop hauts et inadaptés au pas fatigué des noceurs. Elles se percutent, s'excusent à voix basse, puis reprennent, chacune, leur route respective. La brune est épuisée : elle ne comprend pas qu'un taxi soit si difficile à trouver dans une ville comme celle-là. Elle voudrait rentrer vite. Elle longe le Panthéon quand, à sa droite, près des grilles fermées, un objet informe attire son regard. Malgré la fatigue, elle s'approche d'un banal sac à dos de mauvaise facture. Autour d'elle, il n'y a personne. Aussi prend-elle la liberté de l'ouvrir. La lumière, trop faible à cette heure, l'empêche de bien voir, alors elle plonge la main à l'intérieur. Ses doigts, aveugles, effleurent innocemment l'étoffe du vêtement, côtoient sans songer à mal des mèches douces de l'enfant mêlées aux plumes sales du volatile, et rencontrent finalement la couverture rigide du carnet. Ils se referment sur l'objet, le saisissent, le font remonter à la surface. La femme regarde sa trouvaille, l'ouvre, s'éclaire à l'aide de son téléphone portable, tente de déchiffrer l'écriture mal assurée. Mais, très vite, les yeux s'abîment, la position est inconfortable, l'heure et l'humeur ne se prêtent pas à ce genre d'exercice fastidieux. Pourtant, quelque chose en elle pressent une nécessité impérieuse de faire durer la surprenante rencontre. La forme torturée des lettres la bouleverse, l'odeur singulière des pages l'interpelle, les taches, qu'elle devine nombreuses, font vaciller timidement son imagination déjà fertile. Elle ne résiste pas à la tentation de glisser le manuscrit dans son sac à main. Elle le lira plus tard, c'est certain. Tout à l'heure. Demain. Après-demain, peut-être. Mais elle le lira, car elle voudra savoir, parce qu'elle aime savoir. Et elle ne croit pas au hasard.

La fraîcheur du matin fait courir des frissons le long de ses épaules presque nues et la presse de rentrer. Par chance, un taxi apparaît à l'autre bout de la place. Sans une once d'hésitation, la femme s'élance, ses jambes fuselées enjambant le petit sac à dos, désormais orphelin de son histoire. Le vent se lève et, derrière la longue silhouette brune qui s'engouffre dans une Mercedes grise, une feuille vient danser tout à côté des anges.

Cher lecteur, chère lectrice,
Vous avez acheté et lu ce livre : c'est pour moi un encouragement précieux et je vous en remercie du fond du cœur. Il n'y a pas de meilleur agent pour un livre que son lecteur : aussi, si ce texte vous a plu et si vous souhaitez l'aider à exister, n'hésitez pas à en parler autour de vous ou sur les réseaux sociaux.
Pour que nous gardions le contact, vous pouvez vous rendre sur :
– le site internet http://solene-bakowski.com
– ma page Facebook https://www.facebook.com/SoleneBakowskiAuteur?ref=hl
– mon compte Twitter : @SoleneBakowski
À très bientôt et au plaisir d'échanger avec vous !

À DÉCOUVRIR CHEZ MILADY THRILLER

DÉJÀ DISPONIBLE

OLIVIER BORDAÇARRE
LA FRANCE TRANQUILLE

Nogent-les-Chartreux, c'est la France d'aujourd'hui. Une bourgade paisible, minée par la crise et malade de peur. Un *serial killer* y tue les « gens bien » et sème la terreur. Boulimique et stressé, le commandant de gendarmerie Paul Garand assiste impuissant au triomphe de la haine ordinaire. Jusqu'à ce que son fils se retrouve menacé…

D'une actualité brûlante, ce portrait d'une France qui se rêve tranquille dénonce le repli des consciences vers les idées les plus noires.

«Un style à la fois sec et foisonnant, nerveux et hargneux.»
Livres Hebdo

ARMELLE CARBONEL
CRIMINAL LOFT

Un lieu: le sanatorium de Waverly Hills, dans le Kentucky, aux États-Unis. Entre ses murs doit se dérouler le show de TV-réalité le plus extrême de l'histoire. Huit tueurs y sont enfermés, prêts à tout, surtout le pire, pour convaincre des millions de spectateurs qu'ils méritent de vivre. Leur destin est suspendu à l'envoi d'un simple SMS…

DÉJÀ DISPONIBLE

« Une bombe. Un chef-d'œuvre. Une révélation. »
Gérard Collard – Librairie *La Griffe noire*

/BragelonneMiladyThriller @BrageThriller www.milady.fr

À DÉCOUVRIR CHEZ MILADY THRILLER

DÉJÀ DISPONIBLE

STEVE CAVANAGH
LA DÉFENSE

Ancien escroc devenu avocat, Eddie Flynn a décidé de ne plus plaider. Le chef de la mafia russe va pourtant l'y obliger: il a enlevé sa fille et menace de l'exécuter.
Détails supplémentaires: Eddie devra assurer sa défense avec une ceinture d'explosifs dans le dos et le FBI scrute le moindre de ses gestes.
Pour un bon avocat, c'est presque mission impossible; un simple arnaqueur baisserait sûrement les bras. Mais on parle d'Eddie, là. L'adrénaline, il aime ça.

«Dès la première ligne, le compte à rebours est lancé. Attachez vos ceintures!»
New York Times

JOHANA GUSTAWSSON
BLOCK 46

Profileuse de renom à Londres, Emily Roy enquête sur une série de meurtres d'enfants. Les corps présentent les mêmes mutilations qu'un cadavre de femme retrouvé en Suède. Étrange *serial killer*, qui change de lieu de chasse et de type de proie…

En Suède, Emily retrouve Alexis Castells, une écrivaine spécialisée dans les tueurs en série. Les deux femmes se lancent dans une traque qui va les conduire jusqu'aux atrocités du camp de Buchenwald, en 1944.

DÉJÀ DISPONIBLE

«*Block 46* est d'une efficacité redoutable.»
Nicolas Lefort – «Télématin» sur France 2

/BragelonneMiladyThriller @BrageThriller www.milady.fr

À DÉCOUVRIR CHEZ MILADY THRILLER

DÉJÀ DISPONIBLE

JOSEPH INCARDONA
220 VOLTS

Ramon Hill est un écrivain à succès. Mais depuis plusieurs mois, rien. Panne sèche. Son roman est en retard, la page reste blanche et avec sa femme, le courant ne passe plus.
Margot prétend qu'un séjour en montagne leur fera le plus grand bien. Mais l'isolement devient parfois une prison et l'autre, une menace. Et bientôt, Margot disparaît…

Couronné par le Grand Prix de littérature policière en 2015, **Joseph Incardona** fait d'une histoire d'amour un roman noir. Car les histoires d'amour finissent mal, en général.

« Fin, féroce, sous tension. »
Alibi

NICOLAS JAILLET
LA MAISON

En robe blanche, son bouquet à la main, Martine sait qu'elle n'aimera jamais Jean, l'homme triste et violent qu'elle vient d'épouser. Mais en elle, une graine est en train de germer. Cette graine, c'est sa décision. Pendant des années, elle survit à son quotidien et élève leur enfant. En silence, avec une audace et une obstination extraordinaires, elle prépare son évasion.

Inclus également *La Robe* et *La Bague*.

DÉJÀ DISPONIBLE

« Une merveille. Un livre incandescent. »
Gérard Collard – Librairie *La Griffe noire*

/BragelonneMiladyThriller @BrageThriller www.milady.fr

À DÉCOUVRIR CHEZ MILADY THRILLER

DÉJÀ DISPONIBLE

CJ LYONS

UNE ENQUÊTE DE CAITLYN TIERNEY - TOME 1

CONFIANCE AVEUGLE

Sarah Durandt sait que l'assassin est mort. Elle l'a vu recevoir l'injection. Pourtant, elle n'est pas apaisée : il n'a pas révélé où se trouvaient les corps de son mari et de son fils, qu'il lui a arrachés deux ans plus tôt.
De retour chez elle, elle s'engage dans une contre-enquête désespérée. Mais la vérité qu'elle découvre la glace d'effroi.
Ils ont peut-être exécuté le mauvais coupable. Le véritable meurtrier est peut-être toujours en liberté, prêt à tuer de nouveau…

« Un rythme effréné, à vous couper le souffle. »
Publishers Weekly

CJ LYONS

UNE ENQUÊTE DE CAITLYN TIERNEY - TOME 2

LES OMBRES DU PASSÉ

Caitlyn Tierney est l'une des agents du FBI les plus endurcies. Pourtant, ses méthodes directes et peu orthodoxes ne lui ont pas permis d'élucider le mystère autour de la mort de son père. S'est-il vraiment suicidé après avoir arrêté son meilleur ami pour meurtre ?

Quand cet homme, depuis sa cellule, la supplie de retrouver sa fille, Caitlyn pense régler ses comptes une bonne fois pour toutes avec le passé. Mais sur les lieux de son enfance rôdent de pires ennemis que de vieux mensonges bien gardés, et une menace insaisissable resserre ses griffes autour d'elle…

« Bourré d'action, authentique et intense. »
Lee Child

DÉJÀ DISPONIBLE

/BragelonneMiladyThriller @BrageThriller www.milady.fr

À DÉCOUVRIR CHEZ MILADY THRILLER

DÉJÀ DISPONIBLE

FABIO M. MITCHELLI
LA COMPASSION DU DIABLE

Deux flics, un tueur et des corps horriblement mutilés, abandonnés au fond d'une rivière ou dans le vide sanitaire d'une maison. Démembrés, amputés, humiliés.
Une traque à bout de souffle, mêlant présent et passé, sur les traces d'un tueur « par amour ».
Librement inspiré du parcours sanglant de Jeffrey Dahmer, « le cannibale de Milwaukee », ce thriller psychologique à la mécanique implacable dissèque une âme diabolique et nous entraîne au bout de l'enfer.

« Une nouvelle pépite dans le thriller français »
Gérard Collard – Librairie *La Griffe noire*

BOYD MORRISON
UNE AVENTURE DE TYLER LOCKE - TOME 1
L'ARCHE

La brillante archéologue Dilara Kenner mène des fouilles au Pérou lorsqu'elle reçoit des informations cruciales sur la disparition de son père, qui a consacré sa vie à chercher l'arche de Noé. Aux côtés de Tyler Locke, ingénieur de l'armée, elle n'a que sept jours, de Los Angeles à Terre-Neuve, pour retrouver l'arche sacrée.

Amateurs du bon vieux Dr Jones et de thrillers ésotériques à la Dan Brown, ce roman d'aventures est fait pour vous.

« Un thriller percutant, incroyablement réaliste et mené à un train d'enfer. »
James Rollins

DÉJÀ DISPONIBLE

/BragelonneMiladyThriller @BrageThriller www.milady.fr

À DÉCOUVRIR CHEZ MILADY THRILLER

DÉJÀ DISPONIBLE

BOYD MORRISON

UNE AVENTURE DE TYLER LOCKE - TOME 2

LE CODE MIDAS

Désamorcer une bombe cachée sur un ferry bondé: tel est le test diabolique auquel Tyler Locke doit se soumettre s'il veut revoir son père, qui vient d'être kidnappé. Mais l'épreuve ne s'arrête pas là, et Tyler doit se lancer dans une quête improbable: retrouver le trésor du roi Midas. Il ne dispose que d'un seul indice, un manuscrit crypté attribué au grand Archimède. Aux côtés de la linguiste Stacy Benedict, il a moins de cinq jours pour résoudre une énigme vieille de deux mille ans…

«Boyd Morrison transforme tout ce qu'il touche en or.»
Chris Kuzneski

JAMES OSWALD

DE MORT NATURELLE

Tony McLean vient d'être nommé inspecteur. En plus des affaires courantes, il hérite d'un *cold case* dont personne ne veut se charger. Le corps d'une jeune femme crucifiée a été découvert au sous-sol d'une maison abandonnée. Tout porte à croire qu'elle a été victime d'un meurtre rituel. Au siècle dernier. Lorsqu'une série de crimes sanglants s'abat sur la ville d'Édimbourg, McLean et son équipe ne savent plus où donner de la tête. Pour un peu, ils dormiraient à la morgue où le médecin légiste voit les cadavres s'empiler...

«Le nouveau Ian Rankin.»
Daily Record

DÉJÀ DISPONIBLE

/BragelonneMiladyThriller @BrageThriller www.milady.fr

À DÉCOUVRIR CHEZ MILADY THRILLER

DÉJÀ DISPONIBLE

DANA STABENOW

UNE ENQUÊTE DE KATE SHUGAK

LA MÉMOIRE SOUS LA GLACE

Fidèle aux dernières volontés de son oncle, pilier de la communauté aléoute du plus grand parc national d'Alaska, la détective privée Kate Shugak part à la recherche d'un chercheur d'or disparu depuis presque un siècle. Mais quelqu'un est décidé à l'empêcher d'atteindre son but…

Une saga hors du commun pour les fans de Craig Johnson, de Jørn Riel ou d'Olivier Truc.

« Une voix unique au cœur du thriller. »
Michael Connelly

DANA STABENOW

UNE ENQUÊTE DE KATE SHUGAK

EN PLEIN CIEL

Lorsque Finn Grant, un entrepreneur fortuné de Newenham, meurt dans le crash de son avion, l'agent Liam Campbell s'oriente très vite vers la thèse du sabotage. Le problème, c'est que tout le monde ou presque, dans cette région d'Alaska, avait des comptes à régler avec Grant.
Pour l'aider à confondre le coupable, Liam fait appel à Kate Shugak. Sous couverture, la détective privée s'engage dans une des affaires les plus complexes de sa carrière, au milieu d'une conspiration d'envergure…

Plongez, avec Kate Shugak et son chien loup, au cœur d'étendues sauvages et sans merci.

« Une énergie fulgurante. »
Publishers Weekly

DÉJÀ DISPONIBLE

/BragelonneMiladyThriller @BrageThriller www.milady.fr

Achevé d'imprimer en décembre 2016
Par CPI France
N° d'impression : 3020513
Dépôt légal : janvier 2017
Imprimé en France
81121957-1